だから、鶴彬（ツルアキラ）

TSURU AKIRA

抵抗する17文字

楜沢 健

春陽堂

はじめに

鶴彬は世界文学である

川柳は庶民の共同財産

田辺聖子は、鶴彬をはじめとする近現代川柳の歴史と魅力を余すことなく伝えた入門書『川柳でんでん太鼓』（講談社、一九八五年一〇月）で、「川柳は庶民の共同財産」であると述べ、その「口あたりのよろしさ」「たのしさ」を次のように説明している。

（前略）川柳好きの私としては、

「こういう、おかしいのがありますねん」

「これ、どうですか」

などと人に示し、共感と笑いを共有したい気持が強い。面白い小説の読書ガイドは氾濫しているのに、おかしい川柳があまり世に紹介されることのないのは残念である。せっかくの共同財産をうんと楽しんだほうがいいのではないか。

そう、川柳は庶民の共同財産なのである。

川柳を愛する私としては、また、そこが嬉しくてならぬのである。親を死なせて悔いているどら息子に、

「そらみぃ。〈孝行のしたい時分に親はなし〉やろがい」

などとまわりの者がいう、そういうときの川柳の口あたりのよろしさ。

やきもちを嫉いている女房に、人は蔭で、

「〈女房の嫉くほど亭主もてもせず〉とはあのこっちゃ」

などというふうに日常卑俗の次元にかみくだいて使えるたのしさ。


たしかに、川柳を読むと、誰かに伝えたくなる。諷刺と笑いを他人と共有したくなる。ひとりで抱え込んでいるのがもったいない、という思いにとらわれる。しかも田辺が指摘しているように、川柳は、寸鉄人を刺すごとく、短く、リズミカルで、覚えやすく、会話に取り入れやすい。民衆の生活感情を支える地口、狂句、軽口、洒落、諷刺を下敷きにした川柳は、もともと人から人へ口伝えで手渡されていく口承芸術的な側面が強いということなのだろう。川柳の生命である批判、笑い、皮肉、穿ちは、かけあいや対話の中でこそ生き生きと輝き、手渡される。同じ一七文字の短詩である俳句にくらべても、はるかに民衆の生活感情に密着した形式たるゆえんである。川柳は、作者の手から作品が離れ、人から人へ対話を通して手渡され、使われていく過程で、よりいっそう、そして新たな輝きを

増していく集団創造的な芸術なのだ。川柳を支える主体が、無名の投稿者、アマチュアであることも、そうした対話性、集団創造性を裏づけていよう。

文学史を紐解いても川柳のセの字も、鶴彬のツの字も出てこない

とはいえ、「庶民の共同財産」であるにもかかわらず、川柳は「あまり世に紹介されること」がない。近代文学史、現代文学史の概説書・研究書をいくら紐解いても、川柳のセの字も、鶴彬のツの字も出てこない。同じ短詩型文学の短歌や俳句の歴史は載っていても、川柳はまず載っていない。取り上げないのは文学史や文学研究だけではない。文芸誌や書籍でも川柳を目にする機会はほとんどない。詩や短歌や俳句の特集やコーナーは設けられても、川柳の特集や掲載欄など存在さえしない。川柳は教育からも排除されている。川柳を教育のいっかんとして取り入れる学校や大学はまれである。そもそも大学に近現代川柳の研究者など皆無に等しい。学校教科書でも取り上げられているのはせいぜい古川柳までであろう。文科省「検定済み」教科書に近現代川柳の出る幕はない。批判と皮肉と笑いと軽口と洒落と穿ちを生命とする川柳が、規律と服従と整列と官尊民卑を生命とする「検定」教育と、そもそも相容れるわけがない。

「俳句が上、川柳が下、とは誰が言い初めけん。われら川柳ファンとしては、甚だおだやかならぬ気持である」と田辺は書いているが、歴史的に川柳は文学の中でもっとも軽視され低く見られてきたジャンルであった。「セ」もなければ「ツ」も出てこない、実にセツないジャンルなのである。

川柳の読者はどこにいるのか

しかし、そんな川柳も、いったん学校や大学やアカデミズムや国定教科書や書籍や文学や文壇から離れれば、小説や詩や短歌や俳句以上に幅広い読者の裾野を擁する文学ジャンルであることに気づくだろう。

新聞やラジオやテレビに目を転じれば、川柳の人気は絶大である。朝日川柳の投稿は月二万句以上、ラジオ時事川柳の投稿も毎回二〇〇句以上、サラリーマン川柳の人気は言うに及ばず、雑誌「川柳マガジン」の発行部数も文芸誌の比ではない。しかも近年、労働運動の情報ネットワーク「レイバーネット日本」から生まれたワーキングプア川柳や、ホームレスが販売する街頭雑誌「ビッグイシュー」が編集刊行した『路上のうた　ホームレス川柳』（二〇一〇年一二月）など、従来の裾野を越えた作者＝読者が、路上から、街頭から、さまざまな運動の現場から誕生している。もちろん、こうした川柳人気を支える主体は無名の作者＝読者、すなわち投稿詩人、アマチュア詩人である。二〇〇九年に生誕百年を迎えた鶴彬も、こうした草の根メディアを中心にわきおこった川柳再評価の機運の中から読み直され、復活した川柳作家のひとりである。

鶴彬の川柳の暗唱しやすさ

タマ除けを産めよ殖やせよ勲章をやろう（一九三七年三月「火華」）

一九三七年七月七日の盧溝橋事件をきっかけに日中全面戦争が勃発する、そのわずか四ヶ月前に発表された鶴彬の川柳である。

鶴彬の川柳は、覚えやすい。口伝えしやすい。暗唱しやすい。だから誰かと共有したくなる。他人と共感し、笑いあいたくなる。笑うことで、他人と共犯関係を築きたくなる。とくに、この川柳は、読者の印象に残りやすく、記憶しやすく、わかりやすく、口伝えしやすい。なぜなら、おそらく当時の読者の誰もが日頃から街頭ポスターやラジオで見聞きしていたであろう国家標語・戦争スローガンをネタにしているからだ。「産めよ殖やせよ国の為」。明治以来の富国強兵政策を象徴する国家標語、戦争スローガンのひとつである。

いつ終わるとも知れない戦争がはじまれば、兵士が不足し、男が不足する。たちまち、勇ましい「産めよ殖やせよ」の大合唱がはじまる。街頭から、ラジオから、新聞から、ニュース映画から、「産めよ殖やせよ」の呼びかけが聞こえてくる。鉄砲のタマ除けが足りない。使い捨てにできる奴隷が足りない。号令一つで突撃していく捨て駒が足りない。産めよ殖やせよ国の為。女はしょせん産む機械。子だくさんの家庭と女は表彰してやるから、どんどん産めよ殖やせよ。一人や二人じゃ足りない。五人、六人、大家族を産み殖やせよ。大量に産み殖やせば、一人や二人兵隊にとられても心配無用。家の跡継ぎさえいれば、痛くも痒くもない。タマ除けとなって立派に戦死したら、ちゃんと勲章をくれてやるから文句を言うな、不平を言うな。産めよ殖やせよ。タマ除けが足りない。

穿ちこそ、川柳の生命

この句は、「産めよ殖やせよ国の為」スローガンとともに、あわせて「勲章」制度の核心をもずばり、寸鉄人を刺すごとく、みごとにえぐり出している。誰もが薄々知っていながら、感じていながら、あるいはわかっていながら、大きな声で言えない、言わないですませている核心を剔抉している。強権的な美辞麗句で民衆に呼びかけ、民衆を募り、動員しようとする国家標語・戦争スローガンの核心を剔抉し、冷笑している。

しかし、それだけではない。さらにこの句は、スローガンの強権的な呼びかけを前にして批判や抵抗はおろか何もできず無力でしかない、薄笑いでも浮かべて沈黙するしかない、われわれ民衆の弱さ、無能さ、卑怯さをもあわせて剔抉し、冷笑を浴びせている。子どもを産み育てても、男はタマ除けにされ、女はタマ除け製造機械にされるだけ。にもかかわらず、そうしたあり方に抵抗し、親として、タマ除け以外の幸福で明るい生と未来を子どもに用意してやることも、約束してやることもできない。「しかたがない」「そんなものだ」とみずからに言い聞かせて沈黙する弱さと卑怯さ、社会を変えることはおろか、勲章ごときで沈黙するしかないわれわれの弱さと無能さに対する嘆きが、自嘲とともに、この句からは浮かび上がってこよう。

権力を批判すると同時に、無力にもその言いなりに堕し安穏としているわれわれ民衆の弱点と欠点を容赦なく突く、川柳のもっとも重要な力である「穿ち」の精神が、まちがいなくここには生きているといってよい。

川柳は落書きである

川柳は落書きに近い芸術である。この句における穿ちは、見慣れたスローガンを、見慣れないものに書き替えるところに生じている。「産めよ殖やせよ国の為」の「国の為」を塗り潰し、前後に「タマ除け」と「勲章」を書き足すことで、スローガンの意図を書き替え乗っ取り、それが隠しもっている意味や関係性を暴きだしている。

このスローガンを厚生省が正式に発表したのは一九三九年のことであった。日中戦争の長期化で人口が激減、出生数も低下したため、その対策として厚生省はナチスドイツの「配偶者選択十箇条」に倣い「結婚十訓」を発表し、「悪い遺伝の無い人を選べ」「産めよ殖やせよ国の為」と、国民に多産報国を呼びかけた。明治以来、富国強兵政策を支え、広く人口に膾炙していたこの多産報国のスローガンを、泥沼化していく日中戦争のさなかに、厚生省は正式に文書化し、あらためて国民に周知させようとしたのだろう。鶴彬の句が厚生省の呼びかけよりも二年も前に発表されていたことを考えれば、「産めよ殖やせよ国の為」がいかに社会の隅ずみにまで浸透したスローガン・国家標語であったかということがよくわかる。少しずつ、そしていつの間にか、街頭に、路上に、ラジオに、新聞広告に、ニュース映画に、このスローガンが喧伝され、あふれていったにちがいない。巷にあふれ増殖していく忌まわしいスローガンを、どうにかして傷つけ、意味や意図を反転させ、滅茶苦茶にしてやりたい。この句は、巷にあふれるスローガンを記した街頭ポスターや看板に直接、殴り書きされた落書きを、そのまま雑誌や新聞やビラに転載した作品という印象を受ける。戦時のスローガン「ぜいたくは敵だ」の街頭看板に記された「ぜいたくはス敵だ」という有名な落書きと同じ、書き替えと乗っ取りの発想である。

鶴彬は世界文学である

こうした書き替えと乗っ取りの発想は、反グローバリズム運動のバイブルであるナオミ・クライン『ブランドなんか、いらない』（新版、大月書店、二〇〇九年八月）に紹介されている、企業の広告を書き替え乗っ取る「カルチャージャム」と呼ばれる落書き運動を想い起こさせる。街頭やラジオやネットを占拠する国家のスローガンや企業広告のコピーを、そのまま放置するのではなく書き替え乗っ取ること。そうすることによって世界を批判し、笑い、見慣れないものに組み替え、変革し、いまとは別の社会を想像し現出させること。川柳もまた、目の前にある世界を書き替え、作り替える落書き芸術、街頭芸術といえる。それは必ずしも書籍や文字として記録され、残されるとはかぎらないという点においても落書きの芸術であり、街頭の芸術であり、集団の芸術であるといえる。「街頭へ」を合言葉にした二〇世紀アヴァンギャルド—未来派、ダダ、シュルレアリスム、ロシア未来派と交叉し重なる方法と問題意識を、鶴彬の川柳には見い出すことができる。鶴彬と川柳というジャンルにふれずして、詩のアヴァンギャルド、その日本的展開を明らかにすることはできない。川柳と鶴彬を、あらためて二〇世紀の世界文学との接点、世界的同時性の中で位置づけ、再評価することがいま何よりも求められている。鶴彬と川柳は、世界文学である。

鶴彬の川柳は古くならない

もっとも、落書き芸術、街頭芸術としての川柳は、あまりにも題材が時事に偏りすぎ、とくに反戦的な句を多く詠んだ鶴彬はその際たる作家であり、文学として普遍性、不易性がなさすぎるのではないか、という批判もありえよう。川柳は詩や俳句や短歌にくらべて不易性がない、なかでも時事川柳はその最たるものと低く見られる傾向にある。川柳を非文学と見なす際に、しばしばこうした不易性のなさが挙げられる。

しかし、そうした批判に対しては、普遍性、不易性ばかりが文学にとって大切なこととはかぎらない、その時代、その場の限定性の中で最大限に意味を持ち、力を発揮し、やがて読み捨てられ、消えていく文学も必要だし大切なのだ、と答えるしかない。普遍性を気取り、「いまここ」をネグレクトし、消去しようとする文学は、ただただ愚劣であると答えるしかない。しかし、その一方で、徹底して不易性のない時事川柳でしかないものが、時間とともに作者の意図を裏切るように不易性、普遍性を獲得していくこともあり得る。たとえば、数年前に新聞（「朝日川柳」）に掲載された次のような投稿川柳を読めば、なぜいまふたたび鶴彬が読み直され、再発見されているのかがよくわかる。

あの頃も産めよ増やせと言っていた（野田市　加藤常一）

少子化で人口が減少していく平成社会を、ふたたび「産めよ殖やせよ」の合唱が覆いつくしている。天皇家の世継ぎ問題を筆頭に、「産めよ殖やせよ国の為」スローガンはいまなお日本中に悲惨な光景を現出させている。「女は産む機械」にほかならず、どう逆立ちしても子どもを産まない女、産めない女、男を産まない女に居場所はない。しかも、体外受精による代理出産は、貧富の格差の上に「産むしかない女」と「産ませる女」という、新たな人間の序列と支配関係を生み出そうとしている。われわれは八〇年前のスローガンから、それゆえ鶴彬の句から、少しも自由になっていない。この句に限らず、鶴彬の川柳の多くは、幸か不幸か、時事的であるがゆえに不易性を獲得しているものばかりだといってよい。鶴彬は古くなりようがない。

鶴彬の川柳とともに、いまをつかみたい

鶴彬の川柳とともに、いまをつかみたい。鶴彬の川柳とともに、歴史をつかみ直したい。あの過去を、あの歴史を、あの戦争を、あの暗黒を、あの狂気を、あの革命を、あの愚かさを、あの忌まわしさを、そして八〇年前とたいして変わっていない「いまここ」を、「タマ除けを産めよ殖やせよ勲章をやろう」という川柳とともに、忘れず、しっかりと記憶したい、そしてつかみ直したい。「産めよ殖やせよ」の忌まわしい連鎖を断ち切りたい。

だから、川柳。
だから、鶴彬。

◉目次

[第一章] 鶴彬（つるあきら）——川柳の軌跡 1924-1937

[第二章] 鶴彬と20世紀 1909-1938

カバー・本文イラスト◎森山ちさと

鶴(つる)

［第一章］ 川柳の軌跡 1924……………………………………………………1937

彬(あきら)

15歳で新聞の川柳欄に入選したデビュー作

初出◉1924年10月25日「北国新聞」夕刊「北国柳壇」

1▼「（高松）喜多一児」という柳名で15歳のときにはじめて新聞の川柳欄に掲載された三句のなかの一句。

鶴彬の出発は、新聞の川柳欄への投稿からはじまった。明治川柳の起源は、新聞の時事川柳である。「およそ川柳と大衆ともっとも日常的に交渉をもつのは何と言っても新聞柳壇より外にない。（略）あらゆる大衆の生活や感情を、ただちに反映することが出来る」（『福日柳壇名句番附』を読む」1936年9月「川柳松囃子」）と、鶴は時事川柳の重要性、川柳にとって新聞がいかに重要なメディアであるかを力説している。そこでは作者が即読者となり、読者が即作者となる。新聞ほど、無名の読者が読むだけでなく、同時に創作し書く場を提供し確保してきたメディアは、ほかにない。

2▼そして、いまもなお、日常的に川柳にもっとも親しみ、触れることのできるメディアは新聞をおいてほかにない。新聞の読者にとって、じつは川柳はもっとも見慣れた、親しみのある文学ジャンルである。しかもほぼ毎日掲載されている。週一回掲載の短歌や俳句よりもはるかに身近で目にする機会が多いジャンルなのである。おそらく短歌や俳句にくらべ時事を詠み、風刺し、穿つというという川柳の本質が、毎日発行し報道する新聞の本質と相性が合致するからにちがいない。川柳は、日々の出来事や事件に即して吐き出される、日々のつぶやきである。無名の読者による日々の不満、怒り、悲しみ、ムカつき、批判、笑い、自嘲のつぶやき。明治以来、新聞は川柳を通して、このような読者のやり場のない思いや感情を引き受け、あわせて読者の批評精神、批判精神、穿ちの精神を育んできたメディアであった。

燐寸(マッチ)の棒の燃焼にも似た生命(いのち)

3▼この記念すべきデビュー句は、皮肉なことに、官憲の拷問により赤痢に罹り殺された鶴彬自身の、わずか29年8ヵ月という、「燐寸の棒の燃焼にも似た」短く壮絶な一生を暗示する予言的な作品となった。理不尽に生命を奪われたことを考えれば、「燃焼」をまっとうできたわけではなかった、と言った方が正しいだろう。まだまだ燃え盛る「燃焼」の中途で、理不尽にもその炎を官憲によって吹き消されたのだ。

初出◉1925年3月18日 夕刊「北国柳壇」

川柳は尖った鋭利な刃物

1▼ 三角形は鋭角だらけ、尖がりの集まり。鶴彬は鋭角なもの、尖ったものが大好きだ。川柳というジャンルは円くない。鋭角で尖った精神の産物だ。鶴彬の川柳も円くない。常に鋭角で尖っていて攻撃的だ。ほかにも「鋭角」「尖がり」を詠んだ作品に次のようなものがある。

さんらんの陽を破ったる塔の尖端
剃刀の刃の冷たさの上に踊れ
三角定規の真ン中に住める

三句とも 1925年8月「影像」

2▼ 尖った先で穴を開け、突き破る。鋭利な剃刀で、踊るように切り裂いてみせる。ここでは三角形に象徴される「角」や「尖がり」や「剃刀の刃」が川柳の本質である「穿ち」の精神と重ねられていよう。穿ちとは、まさに鋭利なまなざしで「穴」をあけること

三角の尖がりが持つ力なり

にほかならない。生の滑稽さ、この世の欠陥や弱点を指摘し、その真実を笑いとともに切開してみせる鋭利な刃物を指す。川柳の腕を上げるには、「穴」をあける「角」と「尖がり」と「剃刀の刃」の切っ先を研ぎ澄まさなければならない。

3▼川柳というジャンルは鋭角で尖っているだけではない。加えて、しつこい。どんなに叩かれても、剃刀の刃を折られても、尖端をねじまげられようとも、しつこく再生してくる。もぐら叩きのように、叩けば叩くほど、むしろ生き生きとしてくる。鶴彬の次の句には、そうした川柳の「しつこさ」がよく出ている。

真四角の角とれば又角が出来

1925年3月12日夕刊「北国柳壇」

円くなれない鶴彬が、ここにいる。

仏像を爪(つま)んで見ると軽かった

鶴彬の家庭も浄土真宗だった

初出◉1925年4月28日夕刊「北国柳壇」

1▼　仏像を爪む。「つかむ」でも「にぎる」でも「かかえる」でもなく「つまむ」という言葉を、この句は選択している。軽々しく、むやみに触ることすら憚れる仏壇の仏像を、冷ややかに「つまんで」みせる。「つまむ」は軽いものに対応する言葉だ。重いものを「つまみ」はしない。しかし鶴彬は、そうと知っていて、民衆が拝みひれ伏す神聖で「重い」仏像を、あえて「つまんで」みせる。侮蔑を込めて、嘲笑を込めて、怒りを込めて。そして、さらに畳み掛けるように、わざと「つまんで」おいて、つまり「重くない」ことを知っていながらわざと「軽かった」とうそぶいてみせるのだ。

仏像の虚栄は人の虚栄なる

1925年11月12日夕刊「北国柳壇」

仏像はあはれ虚栄を強いられて

1926年2月「氷原」

仏像に供米が絶える小作争議

1928年12月「川柳人」

工賃へらされた金箔で仏像のおめかし

1934年9月「詩精神」

仏教にがんじがらめにされ、身動きがとれなくなった民衆の姿を、これほど屈折した皮肉と侮蔑と悲しみを込めてとらえた句も、ほかにそうはないであろう。鶴彬の仏教に対する視線は厳しく、根底的である。

2▼ 石川県は真宗王国である。鶴彬の家庭も浄土真宗の信者であった。これらの句からは、信仰に厚く、仏教が生活と精神の隅々にまで浸透しているがゆえに、この世よりもあの世、生きているものよりも死んだもの、考え行動することよりもひたすら拝むことばかりに専念する民衆の矛盾に満ちた存在のありようが浮かび上がってくる。小作争議で供米が絶え、工賃が減らされ、金がなくても、茶の間を占領するほど豪華な加賀仏壇の金箔だけは「おめかし」されて色あせない。そんな「虚栄」の信仰が、目の前で起きていることに向き合わないための方便になってしまっている。そう、この句は訴えている。

凶作を救へぬ仏を売り残してゐる

1935年2月「川柳人」

初出◉1925年5月「影像」

海と一緒に
踊れ、
狂え、
怒れ、
吼えろ

暴風と海との恋を見ましたか

1▼　この句は、古屋夢村主宰の新興川柳雑誌「影像」に投稿し掲載された鶴彬の川柳界デビュー作。ペンネームは「喜多一児」。

2▼　鶴彬は、石川県河北郡高松町（現在のかほく市高松）の生まれ。金沢市の北、能登半島の日本海に面した小さな町である。鶴彬と日本海は切り離せない。鶴彬の川柳は日本海からやってきた。生誕100年を記念して製作された映画『鶴彬　こころの軌跡』（神山征二郎監督、2009年）でも、冒頭からくりかえしくりかえし日本海の風景が映し出されていた。灰色の空、重く暗い海、怒涛の響き。黒いマントを羽織った鶴彬役の池上リョヲマが、砂浜を横切っていく。すると字幕にこの句が大きく映写され、池上リョヲマによる朗読がはじまる。「暴風と海との恋を見ましたか」。

3▼　暴風と海との出会い。この句はそれを「恋」と呼ぶ。鶴彬は見たのだ。暴風との出会いを、その到来を、海が喜んでいることを、歓迎していることを。それがやってくるのを、ずっと待ち焦がれていたことを。鶴彬は読者に問いかける。あなたは「見ましたか」。見ていないですか？　見逃しましたか？　だったら見逃していけません。家から出て来てください。誰もが嫌がる暴風を、歓迎しているものが、ここにいるのです。海は暴風と激しくからまり、痙攣し、もんどりうっています。海は生き生きとしているのです。官能に酔い痴れているのです。暴風にかき乱され、海は生き返り、生まれ変わるのです。暴風のおかげで、海は酸素と栄養で満たされる。暴風ほど海に新たな生を、喜びを与えてくるものはほかにないのです。さあ、海と一緒に踊りましょう、狂いましょう、痙攣に酔い痴れましょう。

4▼　海と一緒になって、荒れ、狂い、踊り、怒り、吼える鶴彬が、ここにはいる。彼自身の中で、もはや手に負えない何かが、芽生え、立ち上がり、暴れだしている。

海鳴りが弓張り月を凄くする

1924年12月7日夕刊「北国柳壇」

波、闇に怒るを月に見つけられ

1926年5月「氷原」

鶴彬 □△○ マレーヴィチ

初出◉1925年8月「影像」

1▼ 日本列島の本州部分を「三角定規」にたとえ、そのちょうど「真ン中」あたりが、自らの住む石川県高松町に当てはまることを詠った句。もちろん、三角定規は直角二等辺三角形であるから、その中心（外心）はたしかに北陸地方ということになろう。

2▼ 自分がどこにいるのか、どこに住み、生きているのか。この句は、それをもっともわかりやすい、単純で簡明な「三角形」という図形を用いて説明している。日本列島を単純な図形に分解する。これなら子どもにも、地名を知らない相手にも、字が読めない相手にも「石川県高松町」がだいたいどこにあるのかを伝えることができるだろう。また、これなら誰でも図形を組み合わせて日本や世界の地図を描き、自分がどこに住み、生きているのかを確認することができるだろう。

3▼ 三角形、四角形、円で世界をとらえる。こうした鶴彬の方法は、世界ではじめて□△○だけを組み合わせて絵を描き、世界をとらえ説明しようとしたロシア・アヴァンギャルドの画家マレーヴィチの技法（スプレマチズム）を想起させる。ロシア革命の中で鍛え上げられていった彼の技法は、単に一芸術上の技法というにとどまらず、非識字率が高かった当時のロシア民衆にとって表現や芸術とは何か、という問題意識と関わっていた。□△○という単純な記号を自由に組み合わせていくことを通して、民衆ひとりひとりが自らの生活を組み立て、世界を組み替えていく想像力を身につけていくことを願ったのである。

4▼ プロレタリア川柳としての鶴彬の意味と画期性は、このようなロシア・アヴァンギャルドをはじめとする同時代世界の革命芸術、前衛芸術に照らされて、いっそう鮮明に浮かび上がってくるだろう。

真四角の角とれば又角が出来

1925年3月12日夕刊「北国柳壇」

三角定規の真ン中に住める

偶然と日本の国に生まれ出で

初出◎1925年10月「影像」

1▼　鶴彬と日本との出会い。それは偶然だ。日本に生まれたいと、鶴自身が望んだわけじゃない。反対に、日本に生まれたくない、と望んだわけでもない。また、日本に生まれよ、と命令されたわけでもないし、日本に生まれてくるな、と誰かに頼まれたわけでもない。この世に偶然生まれ落ちたこと。日本に偶然生まれ出でたこと。そこに選択の余地はない。どこに生まれ落ちるかわからない。理由も原因もない。良いも悪いもない。意味があるもないもない。ともかく、日本に生まれた以上、その制約を受け入れるしかない。不条理といえば不条理だ。やりきれないといえばやりきれない。少なくとも、ここに生まれ出た以上、やり直しはきかない、取り替えはきかないということだ。人生とは気まぐれな偶然と制約の連続である。しかし、だからこそ、逆に出来ること、考えなくてはならないこと、向き合わなければならないことが生まれ芽生えてくることもたしかなのである。

自分の時代が作家の唯一の機会なのだ

しかしこれが彼の時代であったのだ。この句からは、偶然ゆえの諦めや嘆きではなく、むしろ偶然ゆえに、それを無駄にせず精一杯生かそう、意味あるものにしようとした鶴彬の自負と覚悟が感じられる。

2▼ たとえばこの句は、戦後まもなくサルトルが実存主義の機関誌「現代」の巻頭に記した次のような言葉を想い起こさせる。

3▼ 「自分の時代が作家の唯一の機会なのだ。時代は作家のために作られ、作家は時代のために作られている。四八年事変に対するバルザックの無関心、コミューヌに直面したフローベールの戦々兢々たる無理解は遺憾であるが、これは彼等のために遺憾なのだ。そこには何物か、彼等が永遠に失ったものがあるのだ。われわれは、われわれの時代の何物をも失いたくない。もっといい時代はあるかもしれないが、これはわれわれの時代なのだ。われわれはこの戦争、恐らくはこの革命にただなかに、この生を生きるよりほかはないのである。」（「創刊の辞―トロレスにささぐ」伊吹武彦訳　1945年10月）

4▼ 鶴彬もまた、この時代の日本に生まれたことを「唯一の機会」だと、自分のために作られた時代だと強く意識していただろう。鶴彬にとって「もっといい時代」はあったかもしれないが、

川柳は書籍や新聞でのみ出会うものではない

監獄の壁にどれい史書きあまり

初出◎1927年5月「影像」

1▼小林多喜二の代表作『一九二八年三月十五日』（1928年11〜12月「戦旗」）には、いわゆる三・一五事件で逮捕された主人公が監獄の壁に落書きを刻む場面が登場する。労働運動家として、これまですでに何度も逮捕され、収監されてきた彼にとって、監獄での唯一のたのしみは、壁一面に埋め尽くされた落書きをひとつひとつ辿り、読み込んでいくことであった。落書きは、長い時間の蓄積を静かに物語る。古いものから新しいものへ。それはまさに、これまで収監された無数の人々によって書き継がれた長い長い「どれい史」そのものといってよい。監獄でしか読めない、ここでしか知りえない、無名の「犯罪者」たちによる共同制作。それがまるで岡本太郎の壁画よろしく、壁一面を覆い尽くしている。主人公にとって、以前収監されたときにはなかった新しい落書きを発見することが、何よりもたのしみなのだ。そして、看守の目を盗んで新しい落書きに落書きをもって答え、いつ終わるとも知れない落書きの「壁画」制作に、ひたすら没頭するのである。

2▼監獄を創作の舞台に、しかも原稿や書籍ではなく壁を創作の道具に活用してしまう世界をとらえているところが、プロレタリア文学の型破りな点であり、面白さだといえる。個人による創作ではなく、集団による創作の可能性に目を向けている点もユニークだ。鶴彬もまた川柳を「街頭の芸術」と呼び、落書きに近い共同制作、集団芸術と見なしていた。高松で結成したプロレタリア川柳会では、街中に労働争議を支援するアジ川柳やバクロ川柳を記したビラやポスターを貼り付けてまわった、といわれている。「壁画」ならぬ「壁川柳」である。鶴彬にとって川柳は、書籍や新聞でのみ出会うものではなかった、ということだ。

3▼1928年4月30日、高松プロレタリア川柳研究会は治安維持法違反容疑で家宅捜査を受け、鶴彬は仲間とともに特高に逮捕検束されている。さらに1931年、徴兵を受け配属された第九師団金沢歩兵七連隊で「赤化事件」の主犯として、治安維持法違反容疑で逮捕され軍法会議にかけられる。懲役二年の判決を受け、大阪衛戍監獄に収監された。

真赤な真赤な血の落書き

1925年８月「影像」

聖者入る深山にありき「所有権」

宗教を穿つ

初出◉1928年2月「氷原」

1▼「仏像を爪んで見ると軽かった」（1925年4月28日「北国柳壇」）の句と同じく、宗教の無力と盲点をとらえ、それを批判的に見つめた句。真宗王国である石川県は、古来より山岳信仰、修験道が盛んな地域でもある。川柳にとって聖人君主はからかいの対象だ。

2▼深山に籠って修行する聖。神秘的で聖なる深山幽谷の世界とはいえ、土地から土地を分け入れば、どうしても現世のしがらみ「所有権」に突き当たる。これより先「立入禁止」「修行禁止」「聖も入るべからず」。それは、たとえ脱俗した聖でさえも逃れられない俗世のしがらみであり、矛盾の象徴である。

3▼修行が成り立たない、意味を持たない、通用しない世界があるにもかかわらず、それに対して、宗教がいかに鈍感であり、無力であり、そもそも目を塞いでいることか。俗世では「所有権」が小作争議と階級闘争を激化させ、侵略と戦争を誘発している。持てるものと持たざるもの、富めるものと貧しいもの、強いものと弱いもの、支配するものと支配されるもの、のあいだに横たわる対立と分裂がますます深刻化していくなか、「所有権」に目を塞いだままの修行とは、悟りとは、布教活動とはいったい何なのか。

瞑想の聖者のひざを飢えた蟻

1927年2月「氷原」

4▼瞑想と修行の先に脱俗の境地が待っているかわりに、現世の矛盾が立ちはだかる。修行の先に、修行が通用しない矛盾した地点が出現する。しかしそれこそ、本来「修行」のあるべき姿であり、「修行」が到達すべき地点ではないのか。この句は、そう問いかけている。

首を縊るさへ
地主の
持山である

1935年1月「詩精神」

初出◉1928年5月［川柳人］

就職難、中国人労働者との出会い

1▼1928年9月から柳樽寺川柳会を主催する井上剣花坊・井上信子夫妻を頼って上京。南葛飾郡大島町（現在の江東区大島）で青果業を営む義父と母のもとに身を寄せる。しかし、思想犯として前科があり、特高にマークされていた鶴彬にとって就職はきわめて困難だった。どこへ行っても仕事がない、採用されない。柳樽寺川柳会の仲間である渡辺尺蠖宛の書簡（1929年1月13日）に彼は次のように書くしかなかった。「目下の僕は手も足も出ない程、就職難に苦しまされています。（略）吾々を使ってくれるところがないので、全く悲惨さにあまって、涙も出ません。二三日後僕は、支那労働者の群に入って、しばらく飢を凌ごうと思っています」。

2▼この句は、鶴彬がそうした就職難に直面する時期の作品である。日雇い労働者として東京の底辺をさまよう体験は、植民地からやってきた中国人や朝鮮人労働者との出会いを彼にもたらした。当時、東京府に居住していた中国人は約3～4千人（阿部康文「1920年代の東京府における中国人労働者の就業構造と居住分化」1999年「人文地理」51巻1号）。多くが建設、運搬、製造業に就き、日本人よりも低い日給で働いてきた。

3▼ この句にある「支那出兵」は、日本の権益と日本人居留民の「保護」を名目に実行された3度にわたる中国山東省への派兵─1927年5月の第一次、翌28年4月の第二次、5月の第三次山東出兵を指す。派兵総数は1万5千人に達した。

支那出兵兵工廠に働らく支那人

4▼ 鶴彬はのちに、日雇いで働く朝鮮人労働者を詠った連作「半島の生れ」を発表している。

内地人に負けてはならぬ汗で半定歩のトロ押す

1936年12月「火華」

※「半定歩」は賃金が日本人の半額の意

初出◉1928年12月「氷原」

稼ぎ手を殺し勲賞でだますなり

勲章を否定した鶴彬の画期性

1▼　勲章は国家に対する功労を表象して与えられる。国家が人間の生き方を評価し表彰する。

表彰に値する職業、値しない職業。勲章に値する人生、値しない人生。国家に有用で従順な人間と、そうでない人間。勲章授与における「官尊民卑」をあげるまでもなく、勲章制度は、いまなお職業や生のあり方に序列と差別を設け再生産する最悪のイデオロギー装置でありつづけている。

2▼　戦争は勲章なしには遂行不可能だ。とりわけ、１８９０年（明治２３）に制定され、武勲をあげた将兵と戦死者に与えられた金鵄（きんし）勲章は、富国強兵を掲げ戦争を遂行するために大日本帝国政府がもっとも重視し乱発した勲章のひとつであった。

戦争を遂行するために人間を強制的に募り、動員し、命令し、コントロールし、使い捨てにする上で、勲章ほど便利で安上がりな「餌」はない。この句にあるとおり、勲章は「殺戮」と「犬死」を「栄典」に置き換える。戦争とは国家による大がかりな詐欺であり、その切り札こそ勲章なのだ。「タマ除けを産めよ殖やせよ勲章をやろう」は、そうした戦争と勲章の本質をもっとも鋭くとらえた鶴彬の代表作のひとつといってよい。

3▼第一次世界大戦後の1919年にドイツで制定されたワイマール憲法は、勲章の禁止が明文化されていた画期的な憲法であった。109条「平等原則、男女同権、称号の授与、勲章」がそれである。そこでは、人間の「平等原則」と「男女同権」を根拠に、一切の勲章授与を、その理念に反するものとして禁止している。「勲章および栄誉勲章は、これを国が授与することは許されない。いかなるドイツ人も、外国政府から称号または勲章を受けてはならない」(高田敏・初宿正典編訳『ドイツ憲法集』信山社)。

タマ除けを産めよ殖やせよ勲章をやろう

1937年3月「火華」

4▼鶴彬の川柳の意味と画期性は、こうした世界的同時性に照らされて、いっそう鮮明に浮かび上がってくるだろう。

川柳は落書きだ！

1▼「立禁」は「立入禁止」の略。「立禁の札」は、「立ち入り禁止」の高札を指す。当時多発した小作争議で、地主側はしばしば対抗策として農地を封鎖し、立入禁止の仮処分申請を行った。その結果、農地の周囲には小作人が入れないように柵が設けられ、「立禁の札」が何本も立てられた。そのため「立禁」はたちまち流行語になった。「夜刈」とは、ロックアウトされた小作人たちが札を破って深夜、農地に侵入し刈り入れを行うことを指す。

初出◉1928年12月「氷原」

2▼高札、立札の類にろくなものはない。きのうまで何もなかった土地に、突如あらわれた高札にろくなものはない。そこには概ね、禁止や制限や脅しの文句が記されているだろう。「立入禁止」「小作人はここから先に入るべからず」「〇〇の私有地」「罰金を徴収す」「情報を提供せよ、密告を求む」……。要するに、法令を楯にした脅しである。高札とは、権威と力の象徴である。それは為政者、持てる者、強い者、権力を持つ者が、弱い者、持たざる者、力のない者に、その権威と力を見せつけ、思い知らせるものなのだ。

立禁（りっきん）の札をへし折り夜刈の灯

立禁の札を俺ら方でぶっ立てべいよ

1930年3月「川柳人」

3▼高札、看板、掲示板、街頭ポスター、広告の類は、鶴彬にとって貴重な川柳のネタの宝庫、創作の糧であった。そこに記されたムカつくような脅し文句や美辞麗句との不意の出会いから、鶴彬の創作＝川柳ははじまっていたといってよい。街頭にあふれているムカつく言葉の数々を、彼はそのままにしておけなかった。認めることができなかった。黙ってやりすごすことができなかった。文句のひとつでも書き足さずにはいられなかった。落書きしないではいられなかった。

4▼鶴彬は川柳を「街頭の芸術」「街頭一句の宣伝的武器的芸術」と呼び、街中を徘徊してまわった。「我々の川柳は、あまねく街頭に、工場に、農村に、ポスターとしてアッピールし、非抑圧大衆のたましいをゆり動かすであろう」（「柳壇時評的漫筆」1929年1月「影像」）。

初出◉1929年6月［川柳人］

タンゴの労働者、川柳の労働者

夕方の電車弁当殻のシンフォニー

1928年3月「氷原」

1▼ 町工場に響きわたる労働のリズムと、労働者ひとりひとりが口ずさむ革命歌のリズム。ふたつが渾然一体となった、当時の労働者街にあふれるエネルギーと喧騒を巧みにすくいあげた作品である。革命歌は労働のリズムと喧騒がそのまま結晶となったもの。鶴彬は、労働の中から、町工場の中から、労働者ひとりひとりの中から沸きあがってくるリズムと喧騒に耳を澄ませた。そこに歌と音楽を聴きとった。

2▼ こうした鶴彬の句に接すると、同時代に、はるか海の彼方、地球の裏側・反対側で活躍していたひとりの音楽家を思い起こさないではいられない。名曲「レクエルド（想い出）」で知られるアルゼンチンタンゴの音楽家オスバルト・プグリエーセである。彼は次のような言葉を残している。「わたしはアーティストとか音楽家じゃない。タンゴの労働者だ。（略）自分はピアニストではなく、ハンマーを持った工員だ」（高場将美「レクエルド（想い出）」『心を熱くするタンゴの名曲20選』中経出版）。

3▼ ブエノスアイレスの貧しい家庭に生まれ、少年時代から新聞売りや工場を転々した後、15歳でプロになっ

ハンマーの音と革命歌に育ち

たプグリエーセ。奇しくも、鶴彬のデビューと同じ15歳である。コミュニストゆえに、くりかえし軍事政権によって投獄された不屈の音楽家は、みずから楽器を手にし演奏することを「ハンマーを持つこと」「労働」と呼んだ。「タンゴは、愛の悩みから生まれたなんていうキレイゴトは言わないでほしい。タンゴを生んだのは、貧しい民衆の怒りであり、闘いなのだ」というステキな言葉も残している。

4▼川柳の労働者・鶴彬は1909年生まれ、プグリエーゼは4歳年上の1905年生まれであった（1995年没）。

芥川龍之介「桃太郎」の影響が強く感じられる作品

初出◉1934年3月「川柳人」

1▼ 山や川や畑に仕事にいくのがいやだという理由で、ただそれだけの理由で鬼が島征伐の途に上った桃太郎。すると一匹の飢えた野良犬が近づいてきて、お伴をするから黍団子を一つ下さいと言う。桃太郎は咄嗟に答える。「一つはやられぬ。半分やろう」。犬は強情に、「一つ下さい」を繰り返した。しかし桃太郎は「半分やろう」を撤回しない。こうなればあらゆる商売のように「所詮持たぬものは持ったものの意志に服従するばかりである」。犬もとうとう諦め、黍団子半分で桃太郎の伴をすることになった。その後、同じく黍団子「半分」を餌食に、猿と雉を家来にする。桃太郎は家来たちに言い放つ。不平を言うな、鬼が島を征伐すれば、宝物は略奪し放題だ。

2▼ 残虐な桃太郎とその家来たちによって理不尽に侵略され、殺され、略奪される「鬼」の視点から、尋常小学唱歌「桃太郎」の世界を180度ひっくり返してみせた芥川龍之介の名作「桃太郎」（1924年7月「サンデー毎日」）の一節である。黍団子「半分」で家来を募る。しかも「しなびた胃袋」を抱えた貧しい者の足下を見て、募る。黍団子半分でも、ないよりは、タダよりはマシだろう。「所詮持たぬものは持ったものの意志に服従する」しかないのだから。桃太郎は、貧しい飢えた者を買い叩き、彼らを戦場に送りこみ、侵略の片棒を担がせる。

そりゃ進めそりゃ進め、
一度に攻めて攻めやぶり、
つぶしてしまえ鬼が島。

おもしろいおもしろい、
のこらず鬼を攻めふせて、
分捕物をえんやらや。

尋常小学校唱歌「桃太郎」

しなびた胃袋にやらう
鬼征伐の
キビ団子！

3▼ まじめに働くよりも、戦争をけしかけて他人から略奪しなさい。その方が手っ取り早い。これが尋常小学校の「崇高」な教えだ、と、そう芥川龍之介の「桃太郎」は皮肉たっぷりに訴えている。

この句に限らず、鶴彬の川柳や評論には、芥川龍之介の影響が強く感じられる。ここで試みられている三行川柳は、唱歌が三行であることに対応させた結果であるように思われる。

奴隷の街の電柱は（深川）春のアヂビラのレポータア

初出◉1934年6月「川柳人」

1▼「東京解剖風景」と題された連作中の一句。労働争議が頻発する深川の工場街。街中の電柱には、無数のアヂビラが貼り付けられている。それは、労働者が互いに情報を交換するための掲示板の役割を果たしている。ビラにひとつひとつ目を通していけば、この街でいま何が起きているか、何が問題となり、何が戦われているのか、をぼんやりとではあるが見えてくる。ビラで埋め尽くされた電柱は、まさに街の懐の内部＝「解剖」風景を伝えるレポーターといえる。この連作では、深川のほか銀座、本所、亀戸、玉の井の「解剖」風景がとり上げられている。

川柳は街頭の芸術

2▼ 大阪衛戍刑務所に1年8ヶ月服役後、計4年にわたる軍隊生活から解放された1933年暮れ以降、鶴彬は伝統短詩の五七五音律と一七文字制約に批判の目を向けるようになり、すでに短歌や俳句で試みられていた自由律形式や三行書き形式を積極的に手がけるようになる。この句もそのひとつである。

3▼ 三行書き形式は、「川柳」をどう読者に見せるか、出会わせるか、という鶴彬の問題意識から発している。故郷高松で、町中の掲示板や塀や電信柱に、工場の募集札や宣伝広告のポスターに、批判的な川柳を載せた宣伝ビラを貼り付けてまわった鶴彬にとって、川柳は必ずしも新聞や本でのみ読み、出会うものとは限らなかった。それはむしろ街頭に、町の中に、工場に、ビラとして、あるいは落書きとして貼り出され、読まれるべきものでもあった。当然、そこでの川柳の読み方、川柳との出会い方は、新聞や本とは異なる。街頭の読者の目に付くような、読みやすく、インパクトのある文字やその配列、構成やレイアウトの創意工夫が求められたにちがいない。

4▼ 「僕らは何を為すべきや」(1927年12月「川柳人」)というエッセイで鶴彬は書いている。「今日民衆の飢えているものは実は川柳の如き街頭の芸術であり、批判の芸術である」。街頭にあふれ、街頭を隅々まで占拠している、とうてい受け入れられない、容認できない「言葉」の数々をいじり、書き直し、傷をつけ、その意味と価値を転倒させること。街頭に文字を書き記し、貼り付けることによって、街頭を解放し奪い返すこと。川柳は路上の芸術、ストリートカルチャーだ。

半作の稲刈らせて地主のラヂオ体操

小作争議を起こすな、体操せよ

初出◉1935年2月「川柳人」

1▼「凶作地帯―渡辺順三におくる―」というタイトルで発表された連作中の一句。他の句は次のとおり。

涸れた乳房から飢饉を吸ふてゐる

凶作を救へぬ仏を売り残してゐる

食ふ口をへらすに飼猫から食べはじめ

一粒も穫れぬに年貢の五割引

2▼　この連作が発表された前年の1934年に冷害凶作が東北地方を襲った。農村は飢餓に陥り、娘の身売りが横行し、小作争議が多発した。そんな疲弊した農村に、ラジオから元軍人のNHKアナウンサー江木理一の「元気な声」が響きわたる。「全国の皆さん、おはようございます。さあ、きょうも元気で、体操を始めていただきましょう」。「小作争議」を起こすかわりに「体操」しましょう。それが国民にふさわしい、正しく健康な体の使い方です。足並み揃えて、右へ倣え。不平を言うな、反抗するな。いち、に、さん、し……。

3▼　1928年11月にはじまったラジオ体操は、アメリカの生命保険会社がラジオから流れる音楽に載せた体操を宣伝に使っていたことをヒントに、簡易保険がNHKと軍の協力を得て考案したという。その後、町内会、青年団、隣組が中心となってラジオ体操の会が生れ、内務省・文部省・在郷軍人会などが後援して全国的な組織へ成長した。夏休みに毎朝参加カードに捺印させるという徹底した強制動員の手法により、1933年には延べ4400万人の参加者を記録、その後の戦争とファシズムへの地ならしの役割を果たした恐るべき国家総動員行事であった。

4▼　2009年の山形国際ドキュメンタリー映画祭で上映され話題になった『田中さんはラジオ体操をしない』（監督はオーストラリア人のマリー・デフロスキー）は、ラジオ体操を拒否したために沖電気を解雇された労働者田中さんの孤独な戦いに光をあてた興味深いドキュメンタリー映画である。田中さんは1981年に解雇されてから、毎朝8時に沖電気八王子工場の門前に立ち、ギター片手に抗議のライブを29年間続けている。「全国の皆さん、おはようございます。さあ、きょうも元気で、体操を始めていただきましょう」。毎日、毎朝、農民に、労働者に、子どもに「服従」を呼びかけ強制するラジオ体操の役割と力は、いまもなお消えていない。

室生犀星と鶴彬

1▼ 鶴彬の故郷石川県の結核死亡率は、1922年から1942年までの21年間にわたって、全国一を誇った（福田眞人『結核の文化史―近代日本における病のイメージ』名古屋大学出版会）。石川各地の貧しい農村から都会（東京、大阪、京都、金沢）に出稼ぎにいった女工たちが、過酷な労働と低賃金、不衛生・不健康な生活によって次々に結核に感染して帰郷してくる。彼女たちが故郷に「一しょ」に持ち帰った病は、いわゆる「結核処女地」と呼ばれた農村部にたちまち蔓延した。鶴彬は、「結核」に罹患し死んでいく「女工」の悲惨を見つめた句を数多く残した。

2▼ この句は、室生犀星の有名な詩「ふるさとは遠きにありて思ふもの／そして悲しくうたふもの」（『抒情小曲集』1916年収「小景異情その二」冒頭）を踏まえたパロディといってよい。故郷への愛憎半ばする思いを吐露しながら、決意を新たに「遠きみやこにかへらばや」と、故郷からの再出立を誓い、歌いあげた犀星。しかし、そんな近代文学の「抒情」とは対照的に、病と「一

都会から帰る女工と見れば病む
1927年11月25日夕刊「北国柳壇」

吸ひに行く―姉を殺した綿くずを
1936年3月「蒼空」

嫁入りの晴衣こさへて吐く血へど
1936年9月「蒼空」

紡績のやまひまきちらしに帰るところにふるさとがある
1937年2月「火華」

肺を病む女工故郷へ死に来る
1927年6月夕刊「北国柳壇」

ふるさとは病と一しょに帰るとこ

初出◉1935年3月「詩精神」

しょ」に帰郷した女工たちに、もはや誓うべき新たな「決意」など存在しようがない、ということか。

3▼室生犀星も鶴彬と同じ石川県出身（犀星は金沢市、鶴彬は高松町）であった。1889年（明治22）生れの犀星は、鶴彬の20歳年長。私生児として生まれ、生後まもなく養子に出された犀星と、同じく父を失い、母の再婚により幼くして養子に出された鶴彬。奇しくも、両者ともデビューは「北国新聞」の短詩投稿欄であった（犀星は俳句欄）。

初出◉1935年3月「川柳人」

張り替えが利かぬ生命の絃が鳴り

課題詠から生まれた覚悟の句

1▼高松川柳研究会で出された席題「絃」(岡田生一子選)で当選した全三句中の一句。ほかの作品は次のとおり。

歓楽の唄のなかばに絃がきれ

鳴り終へぬ絃のふるへに次の撥

2▼この句は、ひとりでテーマを決め詠む雑詠方式ではなく、課題を決め、仲間・集団で詠みあう競詠方式(課題詠)の中から生まれた作品である。川柳は、個人主義的な近代文学とは対照的に、集団で創作し、集団で詠みあい、集団でたのしむ芸術という性質を強く持っている。課題詠=競作方式は、単に個々の出来や優劣を競うためというよりも、一つの課題に対する複数の視点を明るみにし、たのしむための方式といえる。一つの課題を複数の視点から照らしだし、そのちがいを享受する。もちろん、どのような視点がその場で出てくるかはわからない。何が飛び出してくるかわからない、その意外性と偶然性もまた課題詠のたのしみのひとつといえる。課題は創作の上では「制約」だが、しかし「制約」があるがゆえにできること、たのしめることがあることも事実なのだ。

3▼この句はまさに「制約」そのものを詠っている。張り替えが利かぬ生命の絃。人生というものは「制約」の連続だ。張り替えが利かない、取り替えが利かない、やり直しが利かない。しかし、だからこそ鳴らせる音があり、響かせなければならない音楽というものが生まれるのだ。どんなに耳障りな音だと非難されようが、冷笑されようが、奏でつづけなければならない歌がある。この句からは、そのような鶴彬の強い自負と誇り、覚悟が感じられる。

4▼席題「絃」が出された同じ研究会で鶴彬自身も席題「火」の選者をつとめている。その後も席題「転形期」(1936年3月「火華」)、「生産場面をうたった句」(1937年4月「火華」)の選者をつとめるなど、課題詠に並々ならぬ意欲と関心を示している。「僕がこうした題材を出したというのは、現在の新興川柳作家諸君が、こうした主題をどんな風に感じたり見たりしているかを知りたい為であった」(「課題吟『転形期』」1936年3月「火華」)。

検閲の痕跡が読者に与えるインパクト

初出◉1935年6月「詩精神」

1▼　鶴彬は1930年（昭和5）1月に、甲種合格の新兵として第九師団金沢歩兵七連隊に入営した。上官による暴力制裁に抗議して「なぐらない同盟」をつくるなど、さまざまな反軍的活動を組織したといわれている。同年7月、外部から非合法の地下出版物を持ち込んだ容疑で軍法会議にかけられ、懲役2年の判決を下された。いわゆる第七連隊赤化事件である。1933年に釈放されるまでの1年8ヶ月間、軍の刑務所である大阪衛戍監獄に収監された。

2▼　検閲による伏字の……には「ごうもん」が入ると推測されている。どうせ検閲に引っかかるにちがいないと、作者や編集人があらかじめ伏字にして発表したのか、定かではない。読者は空白に何が入るか、推測して読むしかない。しかしその一方で、この句は拷問以上に、検閲と伏字を批判的に問題にしようとした句、と読めなくもない。要するに、伏字である「・」記号を使い、題材にしてみた川柳である、ということである。おそらく検閲の痕跡は、「ごうもん」という言葉以上に、当時の読者に深刻な衝撃と恐怖を与えたにちがいない。

3▼　田辺聖子は『川柳でんでん太鼓』（講談社文庫）で鶴彬のこの句を、西田

働けばうずいてならぬ・・・・のあと

当百の「西鶴の其〇〇へ書き入れて」と比較して紹介している。戦前、西鶴本は検閲のせいで伏字だらけであった。ほとんどが風俗壊乱のおそれありとの理屈で槍玉に上った「性」にまつわる箇所である。だから読者は互いに伏字「〇〇」の箇所に該当する「性表現」をあれこれ推測しながら読みあっていた。当百の句は、そのような検閲の痕跡「〇〇」と格闘する西鶴愛読者の滑稽な姿と執念に、光をあてているのである。「当時の人は鶴の句から、……が『ごうもん』であることをすぐ察したにちがいない。伏字によっていっそう、この句は重苦しい圧迫感を人に与える」と田辺は書いているが、当百の句とともに鶴彬のこの句もまた伏字をそのまま生かした歴史的な作品として後世に語り継がれるであろう。

初出◉1935年7月「文学評論」

息づまる煙りの下の結核デー

1▼ 戦後、特効薬ストレプトマイシンが発明されるまで、結核は不治の病として恐れられた。それまで日本人の死亡原因の一位は結核であった。1934年の結核による死亡者数は約123409人。罹患者数はその10倍の120万人であったと言われている。にもかかわらず、当時の結核病棟の収容定員はわずか13334人分程度で、全患者数の100分の1にすぎなかった。(福田眞人『結核の文化史』名古屋大学出版会)

2▼「結核デー」は1925年から毎年4月27日の前後1週間のあいだ、結核予防を全国民に呼びかけることを目的にはじめられた。中心は財団法人日本結核予防協会。この期間中、街頭は勇ましい結核予防スローガンを記したポスター、ビラ、パンフレット、幟、講演会、絵葉書、唱歌隊列行進等で覆い尽くされた。「結核と戦へ」(日本結核予防協会)、「恥ぢよ結核　一等国」(台湾結核予防協会)、「結核ない国強い国」(結核予防展覧会)、「健康は身のため国の為」(内務省社会局)。

3▼ ここでは、「予防」という名のもとに、結核が戦争の隠喩として動員されている。結核デーは病としての結核ではなく、むしろ戦争に備えることを国民に呼びかけている。戦争への関心を集め組織するために、「結核」を社会から撲滅すべき「敵」の隠喩として利用しているのである。「結核撲滅運動は結核と人類の闘いであり、結核予防デーはまさに決戦の日である。結核予防デーを報じる記事を読むと、まるで軍記物語のように、『出陣』や『赤白十字混成隊』、あるいは『第二次戦』といった勇ましい言葉が続いている」(青木純一『結核の社会史―国民病対策の組織化と結核患者の実像を追って』御茶の水書房)。

4▼ 結核ならびに結核患者は治療の対象ではなく、戦争によって撲滅すべき敵、敗者、弱者、堕落、恥、頽廃と見なされ、敵闘精神の足りない非国民と同一視された。不衛生な環境と過酷

動員され、利用される隠喩としての「結核」

な長時間労働を強いられ、治療もろくに受けられず、経済的余裕も、保障もない結核患者にとって、こうしたスローガンはまさに死の宣告にひとしいといえるだろう。病気としての結核に加えて、こうした隠喩としての結核が、二重三重に結核患者を追いつめていった。この句において「息づまる」のは、だから「煙」だけではない。

初出◉1935年9月「詩精神」

貧困を募り、貧困に呼びかけ、貧困に語りかける「募集札」

1▼ 人間を募る「募集札」にろくなものはない。美辞麗句を並べた、詐欺的な誘い文句に満ちた「募集札」というなら、女工を募る「募集札」以上に、南洋諸島（サイパン、テニアン、パラオ等）や旧満州への開拓移民を募った「募集札」こそ、その際たるものであったといえる。「拓け満蒙！ 行け満州へ」「満州は日本の生命線」「北満は黄金の大地」「王道楽土」「五族協和」……。

2▼ 戦争で奪い取っていった土地が、一攫千金の夢の舞台に早代わり。世界恐慌と凶作にあえぐ内地で食い詰め、路頭に迷う農民や失業者や浮浪者といった貧困層を、一旗上げて金持ちになる「夢」を餌に、開拓＝侵略の尖兵として次ぎ次ぎと大陸へ送り込む。移住した独身男性のために、今度は「大陸の花嫁」たちを次ぎ次ぎと募集し、送り込む。大陸に行けば、土地が持てる、仕事がある、嫁が迎えられる、家庭が持てる、財産が築ける、社会の役に立てる、承認される。いまここにないもの、手にすることができないものが、すべて手に入る。

3▼ 彼らの末路がいかなるものであったか。句中の「標的」という一語は、その悲惨を、1935年の時点ですでに、あらかじめ警告し予言していたようだ。当初、20年で500万人近い移民を送り出す政策が立案されていた。旧満州国は、「王道楽土」「五族協和」なる美辞麗句＝嘘によって塗り固められた、近代日本が作り出したもっとも大がかりな詐欺にほかならなかった。

次ぎ次ぎ標的になる移民募集札

4▼「貧困」がいかに戦争と侵略のために巧妙に利用され、活用されてしまうか。貧困なしに、戦争と侵略を遂行することがいかにむつかしいか。戦争と侵略を遂行するためには、貧困はけっして解決されてはならないし、撲滅されてはならない。貧困は戦争と侵略をおしすすめる原動力だ。この句は、そうした事実をいまなおわれわれにわかりやすく教えてくれる。

5▼街頭の募集札は、つねに貧困を募り、貧困に呼びかけ、貧困に語りかける。それは貧困と貧困層にのみひらかれている。人間を募る「募集札」にろくなものはない。「募集札」は悪魔のささやきだ。

「募集札」——人間を募る悪魔のささやき

1▼鶴彬は、「結核」で死んでいく「女工」を題材とした句を数多く残した。この句もそのひとつである。

みな肺で死ぬる女工の募集札

初出◉1935年12月「蒼空」

鶴彬の養父である伯父は女工を抱える小さな機屋を経営していた。鶴にとって、幼いころから女工は身近な存在であった。17歳で大阪の町工場に働きに出たが、そこでも無数の女工たちの境遇を目の当たりにしていた。

「国民病」「亡国病」と呼ばれた結核は、貧困の病である。貧しい栄養状態と不衛生な環境と過酷な長時間労働が、何よりも結核の温床となる。明治以来、貧しい農山漁村から工場に集められ、劣悪な労働環境に置かれた女工は、その悲惨な犠牲者であった。結核のあるところに貧困あり、貧困のあるところに結核あり。当時ベストセラーになったプロレタリア作家・細井和喜

次ぎ次ぎ標的になる移民募集札
1935年9月「詩精神」

失業の眼にスカップの募集札
1936年5月「川柳と自由」
※スカップ＝ストライキ破り

君よ見ろ、兵器工場の職工募集
1927年11月12日、渡辺尺蠖あて書簡中の作品

蔵の記録文学『女工哀史』（1925年7月、改造社）は、紡績女子労働者の悲惨な工場労働の実態を広く世に知らしめた。

2▼ この句は、貧しい女性を狙い撃ちにして募る街頭の「募集札」に焦点をあてている。街頭に掲げられた「募集札」は悪魔のささやきだ。「肺で死ぬる」と対比させることで、この句は「募集札」に記されていたであろう無数の詐欺的な誘い文句、美辞麗句というものに、われわれ読者の注意と関心を向けさせる。街頭に点在する詐欺的なコピーを記した「募集札」との遭遇から、この句は誕生した。おそらく「若くて健康な女工を募集！」とでも記されたコピーに、「みな肺で死ぬる」とでもいたずら書きをしないではいられない鶴彬が存在した。川柳の原点はいたずら書きである。街で遭遇した広告を書き替え、そのメッセージを乗っ取り、意味を反転させること。小さなキズをつけてやること。

3▼ 工場労働、身売り、徴兵、開拓移民……。人間を募る「募集札」にろくなものはない。「募集札」は悪魔のささやきだ。鶴彬にとって、街頭にあふれる「募集札」は、けっして見逃すことのできない、素通りできない創作の糧であった。

「修身」＝道徳教育の恐ろしさ

初出◉1936年2月「蒼空」

1▼「みな肺で死ぬる女工の募集札」と同じく「女工」を題材とした句。貧しい農山漁村から工場に売られ、かき集められてきた女工たち。みな家のため、親のため、兄弟姉妹のため、みな家のためが「孝行」と言い聞かされ、また自ら言い聞かせ、そして売られ、故郷を離れていったにちがいない。1934年に東北地方を襲った冷害凶作は、そうした「孝行」の名の下の身売りに、いっそう拍車をかけた。しかも、工場だけでなく過酷な労働と不衛生な工場で結核に侵されても、もはや飢餓の村に帰るところはない。親兄弟姉妹に迷惑をかけまいと、身を落としてまで「孝行」を貫徹する女工たち。この句は、「修身」という、女工たちの生をがんじがらめにしている「道徳教育」の恐ろしさを批判的に見つめている。

2▼「修身」は、戦前の旧制小中学校で行われた道徳教育。家や君主への忠義・孝行・柔順・勤勉などの徳目を教え込むことで、天皇への忠誠心や愛国心を「涵養」し、国家にとってあるべき望ましい「日本人」を養成しようとした。天皇の国民に対する教育についての「お言葉」＝命令である教育勅語を拠りどころとした修身において、忠義・孝行・柔順・勤勉は国民の天皇に対する義務＝命令にほかならず、したがって親に対する不孝・不柔順は、そのまま天皇とその国家に対するに不孝・不従順、すなわち「不敬」とされた。

3▼「修身」を骨の髄まで叩き込まれ、身動きが取れなくなった女工たちにとってみれば、「淫売婦」も不幸にして立派な孝行のひとつになってしまう。孝行の貫徹で淫売婦。これぞ道徳教育の勝利だ、はじめから「修身」の「孝行」の項目に「淫売婦」を加えておいたらどうだ、とこの句は皮肉たっぷりに訴える。

修身にない孝行で淫売婦

同じく「修身」「孝行」を批判的に見つめた句に次のようなものがある。

玉の井に模範女工のなれの果て
ざん壕で読む妹を売る手紙
1936年2月「蒼空」

初出◉1936年3月「蒼空」

シュルレアリスム的な騙し絵のような作品

暁をいだいて闇にゐる蕾

1▼空が明るくなり、徐々に夜が明けてくる。「暁」は、宵、夜中につぐ、夜の第三段階目を指す。すなわち、夜明け。きのうとはちがう新しい一日、新しい時間がようやくはじまろうとしている。と思ったら、そうではなかった。暁は巨大な闇に包み込まれ、包囲されていた。じつはまだ辺りは真っ暗闇なのだ。その巨大さにくらべれば、暁は両手で抱きかかえられる程度の、小さく、弱々しいものでしかなかった。

2▼夜明けを迎え、どんどん広がる空の明るさが、一転して、小さな蕾に吸収されていく。気がつくとあたりは闇だらけ。まるでクローズアップでとらえていた暁が、ロングショットに切り替わっていくとともに、巨大な闇に包囲されている様子が明らかになっていく映画のワンシーンのようだ。光も夜明けも、じつは蕾の中に閉じ込めら

墨を磨る如き世紀の闇を見よ
1928年4月「氷原」

暁の曲譜を組んで闇にゐる
1935年3月「川柳人」

れていて見えない。しかし、にもかかわらず闇と拮抗する暁の鮮やかさ、力強さ、神々しさが読者の脳裏に深く刻み付けられる。狐につままれた気分にさせられる、シュルレアリスム的な騙し絵のような作品といってよい。

3▼　この句は、発表がちょうど二・二六事件と交差している。事件後、治安対策を理由にメーデーの開催は禁止となる。すでに労働運動は壊滅させられ、前年の天皇機関説事件により、言論と思想の息の根も完全に止められてしまった。戦争の地ならしが着々と進められ、気がつけば、あたりは闇だらけ。この闇のもつ絶望的なまでの深さ、濃さ、果てしなさを理解せずして、鶴彬の世界を真に享受することはできない。この絶望的なまでに深く、濃く、果てしない闇を理解せずして、それと拮抗する「暁」の鮮やかさ、力強さ、神々しさを真に享受することはできない。

4▼　この句は、1965年に没後27周忌を記念して、金沢市の卯辰山公園の句碑に刻まれた。表記は初出と異なり、直筆の短冊に記された「暁を抱いて闇にゐる蕾」が用いられている。

『誹風柳多留』との接点

初出◉1936年5月「川柳と自由」

2▼　江戸川柳のアンソロジー『誹風柳多留』に「神代」からはじまる次のような句が載っている。

神代にもだます工面は酒が入　（初篇七）

3▼　スサノオノミコトが、八岐大蛇（やまたのおろち）を八つの大きな樽酒で酔わせ退治する場面を引いて、人間でも神でも、俗世でも神代でも、他人をだまして詐欺を働くには「酒」がもっとも効果的だということを穿った句。八岐大蛇の場面の背景には、酒を巧みに使い敵や異民族を暗殺・謀殺しながら征服を広げていった戦争の歴史が隠れているだろう。あたりまえのことではあるが、『古事記』は征服の物語で

1▼　この句には「連綿として」という小見出しタイトルが付されている。「神代」は、記紀神話において、神武天皇即位以前の、神が支配したとされる時代を指す。神の子孫である「万世一系」の天皇こそ「連綿として」途切れないものの象徴である。しかしそうであるなら、その下で「飢ゑ」る民衆もまた同じく「連綿として」途切れないものの象徴であるというしかない。今また飢える民衆が続々と満州へ、戦争へと駆り立てられようとしている。今も昔も、神国は「連綿として」飢えている。「神代」からつづく「連綿」が自慢で誇りなら、ぜひ「飢ゑ」も「連綿」のひとつに加えてほしい。そう、この句は皮肉まじりに訴える。記紀神話をからかい、皇国史観を穿った作品。

神代（かみよ）から連綿として飢ゑてゐる

あると同時に、勝者の歴史を記した書である。この句からは、『古事記』に対するからかいと、「神代」が嘘とだましと謀の坩堝であることを冷ややかにみつめる視線が感じられる。鶴彬の句は、こうした『柳多留』の句を踏まえていたような気がする。

4▼ 鶴彬は「古川柳から何を学ぶべきか」（1936年3月「蒼空」）で書いている。「生きた現実を生きた矛盾の姿によってあらわすという川柳文学独自の諷刺的精神や表現方法」を身につけるために「現在の新しい川柳作家たちは、もっと古川柳を学ばねばならない」

「復唱」「斉唱」「奉読」の帝国

母国掠め盗った国の歴史を復習する大声

初出◉1936年12月「火華」

1▼ 日雇いで朝鮮人労働者とともに働く体験の中から生まれた連作「半島の生れ」中の一句。ほかの句は次のとおり。

半島の生れでつぶし値の生き埋めとなる

内地人に負けてはならぬ汗で半定歩のトロ押す

半定歩だけ働けばなまけるなとどやされる

ヨボと辱しめられて怒りこみ上げる朝鮮語となる

鉄板背負ふ若い人間起重機で曲る脊骨

行きどころのない冬を追っぱらわれる鮮人小屋の群れ

2▼ この句は「復習」という身振りに目をつけている。「復習」、すなわち大声で復唱・斉唱・奉読させること。学校で、職場で、家庭で、往来で、軍隊で、いたるところで強制された大声の復唱・斉唱・奉読。君が代、教育勅語、軍人勅諭、皇国臣民の誓詞……。大日本帝国とは復唱、斉唱、奉読の帝国であった。参拝、遥拝の「お辞儀」と並び、「復唱」「斉唱」「奉読」という身振りこそ「日本人」「臣民」「皇民」の証であり、誓いにほかならなかったといってよい。1936年から開始された皇民化政策では、朝鮮語の禁止、神社参拝、宮城遥拝、創氏改名などとともに、このような「皇民」の証であり誓いである復唱、斉唱、奉読が何よりも朝鮮人に対して強制されることになったのである。

3▼ 復唱、斉唱、奉読は、するものではなく、させられるものだ。号令や命令がなければ、誰も自発的にしたりはしない。復唱、斉唱、奉読させられるものに、ろくなものはない。この句では、朝鮮人が「母国を掠め盗った」大日本帝国の歴史を「復習」させられている。きっと、誰かが朝鮮人に「お前、復唱してみろ」と恫喝でもしたにちがいない。この句からは、復唱、斉唱、奉読への嫌悪が強く感じられる。

4▼ 真偽は不明だが、鶴彬が金沢七連隊に入隊したとき、陸軍記念日に連隊長が読み上げる軍人勅諭を「連隊長質問があります」と遮り、そのまま重営倉入りになったというエピソードが残され、伝えられている。（岡田一杜・山田文子『川柳人 鬼才〈鶴彬〉の生涯』日本機関紙出版センター）

堀辰雄が見つめた結核と、梶井基次郎が見つめた結核

初出◉1937年2月「火華／題・肺」

1▼　この句は「サナトリウム」と「長屋」を対比させ、結核の治療を受けられる患者と受けられない患者とのあいだに横たわる経済的格差・階級的な格差に目を向けている。サナトリウムの入院費は高額で庶民には手が届かない。それ以上に、時間を要する治療＝療養そのものに手が届かない。結核は貧困者を狙い打ちにし、どこまでも追いつめる病にほかならなかったといえる。

2▼　1934年の結核の死亡者は123409人（福田眞人『結核の文化史』名古屋大学出版会、1995年2月）。実際の結核患者の数は、死亡者の10倍、すなわち約120万人にのぼるといわれている。それに対し、当時の結核病院の収容定員はわずか13334人であった。つまり、病院・療養所・サナトリウムに入院できたのは全結核患者の100分の1にすぎなかったというわけだ。そもそも経済的格差以前に、はじめから結核患者が治療を受けることなど不可能だったといえよう。

3▼　この句は、おそらく同時代の二つの結核文学を踏まえている。堀辰雄「風立ちぬ」（1936年〜38年）と梶井基次郎「のんきな患者」（1932年）である。サナトリウムを舞台に結核で死んでいく恋人を見送る「風立ちぬ」。若くして治療も受けられないまま次々に結核で命を落としていく下町の貧困者を見つめた「のんきな患者」。二つの作品のあいだに横たわる結核に対する視線・把握の「落差」「格差」こそ、鶴彬の句の主題そのものといってよい。「のんきな患者」は、次のような結核についての印象的な一節でしめくくられている。

サナトリウムなど知らぬ長屋の結核菌

4▼「吉田は平常よく思い出すある統計の数字があった。それは肺結核で死んだ人間の百分率で、その統計によると肺結核で死んだ人間百人についてそのうちの九十人以上は極貧者、上流階級の人間はそのうちの一人にはまだ足りないという統計であった。（中略）つまりそれは、今非常に多くの肺結核患者が死に急ぎつつある。そしてそのなかで人間の望み得る最も行き届いた手当をうけている人間は百人に一人もないくらいで、そのうちの九十何人かはほとんど薬らしい薬ものまずに死に急いでいるということであった」。

初出◎1937年2月「火華肺」

ストライキをするな、体操せよ

夜業の煤煙を吸へといふ朝々のラヂオ体操か

1▼「サナトリウムなど知らぬ長屋の結核菌」の句と一緒に「肺」というタイトルで発表された連作中の一句。不衛生と長時間労働で結核の温床となった工場に、今日もラジオから元軍人のNHKアナウンサー江木理一の「元気な声」が響きわたる。

「全国の皆さん、おはようございます。さあ、きょうも元気で、体操を始めていただきましょう」結核を生み出す労働環境を棚上げにして、健康のために体操をしましょうという号令が、白々しくラジオから流れてくる。まるで、「ストライキ」をするかわりに「体操」をしましょう、それが正しく健康な体の使い方です、といわんばかりに。

2▼ ラジオに抵抗することはむつかしい。街頭に響くラジオ放送を拒み、遮断することは容易ではない。同じスローガンでも、街頭のポスターや募集札や掲示板なら落書きで対抗することもできるが、ラジオの場合、そうはいかない。ラジオの強制力、宣伝力、洗脳力は、ポスターや掲示板の比ではない。この句からは、毎日・毎朝、全国津々浦々、工場や街頭や家庭や地域を覆い尽くし占拠する「電波」への苛立ち、ムカつきが感じられる。

3▼ ラジオ体操は、1928年（昭和3）11月1日、昭和天皇の御大典の記念事業として始められた健康増進キャンペーンである。「健康」「保険」「衛生」の名の下に、ラジオを介して天皇の前に国民＝臣民を整列させる儀式である。天皇を頂点に戦争へと向かうこの時期、国民＝臣民が号令の下に整列し、同調し、服従する身体をつくりだすうえで、ラジオ体操は大きな力を発揮した。この句に見られるように、学校、工場、農村、地域社会に、すなわち軍隊の「外」に軍隊の規律と身体管理を行き渡らせる役割を、ラジオ体操は担ったといえる。アナウンサーの江木理一が元軍人だったことは偶然ではない。

いまもしぶとく生きている「産めよ殖やせよ」のスローガン

1▼この句は、1937年7月7日の日中戦争勃発直前に発表された。明治以来の富国強兵政策を象徴する国家標語でありスローガンである「産めよ殖やせよ国の為」を批判的に踏まえた作品である。日中戦争の長期化・泥沼化により、多産が当時の厚生省によって奨励され、子だくさんの家庭は表彰された。1939年に発表された「結婚十訓」(厚生省)に「晩婚を避けよ」「悪い遺伝の無い人を選べ」といった命令調の訓示とともに掲載された。

あの頃も産めよ増やせと言っていた

(野田市　加藤常一)

タマ除けを産めよ殖やせよ勲章をやろう

初出◉1937年3月「火華」

2▼鉄砲の弾除けとして使い捨てにされる兵士を供給すること、それが子どもを産むことの意味である帰結であった。近代において、子どもをつくること、産むことには、未来への希望以上に、このような辛く、暗い記憶がまとわりついていることを忘れてはならないだろう。たとえば、数年前に新聞の川柳欄（「朝日川柳」２００５年１１月１３日）に投稿されていた句「あの頃も産めよ増やせと言っていた」を読むと、そうした記憶がいまもなお消えずに残っていることを強く実感させられる。

3▼おそらく、「少子化」や「天皇家の世継ぎ問題」や「代理出産」や「体外受精」といった、近年の出生率低下を背景にした官民一体の「産めよ殖やせよ国の為」再合唱のいびつな光景を踏まえた作品といえよう。こうした句に接すると、あの忌まわしい「産めよ殖やせよ国の為」スローガンが、いまもなお消えずにしぶとく生きていることがよくわかる。もちろん、この句が踏まえているのは「産めよ殖やせよ」という標語だけでない。かつてこの標語を批判的にとりあげた鶴彬の作品が、あわせて踏まえられていることはいうまでもない。「産めよ殖やせよ」標語をめぐる詩の系譜というものが存在するのである。

戦前の忌まわしい国家標語・戦争スローガンが死なず、いまもなお生きているかぎり、プロレタリア川柳も鶴彬もけっして死ぬことはない。川柳は忌まわしい国家標語・戦争スローガンや「右へ倣え」の軽薄な風潮に、たえず批判の目を向けつづける文学ジャンルといってよい。

ドイツで制定された「断種法」へのまなざし

初出◉1937年4月「川柳人」

1▼「タマ除けを産めよ殖やせよ勲章をやろう」と同じく、「産めよ殖やせよ国の為」スローガンを踏まえた連作「金の卵を産む鳥」の中の一句。一緒に掲載された句は次のとおり。

金の卵を産む鳥で柵に可愛がられる
柵を越せぬ翼にされ生む外はない金の卵
産卵せねばしめ殺す手で餌をあてがわれ
重税の如く奪はれる金の卵を産み疲れ
死なないといふだけの餌でつぶされる日が迫り
産み疲れて死んでやれ飼主めひぼしにならう

2▼「産めよ殖やせよ国の為」は、1939年に「優良国民増殖」を目的に厚生省が発表した「結婚十訓」の中の一つの訓示として、「悪い遺伝の無い人を選べ」「晩婚を避けよ」などと並んで明記された。「優生結婚」のすすめである。さらに、「健康優良児」「優良多子」を確保するため、1933年にドイツで発布された、遺伝性疾患を負う人々の妊娠を手術などによって不可能にするための法律である「断種法」をモデルに、「国民優生法」が制定された（1940年）。戦時下において、

奴隷となる子鳥を残すはかない交尾である

結婚と出産の管理、そして有用な「金の卵」の選別を国が行うための法律である。「断種法」への鶴彬の批判的なまなざしは、次の句に見てとれる。

種豚にされる独逸の女たち
ユダヤの血を絶てば狂犬の血が残るばかり

1937年3月「火華」

3▼1936年、鶴彬は鶉を飼育して生計を支えた。前年の秋から再び上京し、足立区興野町の義父の家に身を寄せたが、あいかわらず特高につきまとわれ就職は困難だった。行き詰まった鶴を助けるために、柳樽寺川柳会の井上信子、渡辺尺蠖ら9名が「鶴彬に生活を与へるための会」の発起人となり、鶉飼育募金を呼びかけた。集まった計67円50銭で鶉の卵を売る生活をはじめたのである。「鶉は目下飼育中で、遠からず生活の保証となり得ると存じて居ります」（「鶉募金への礼状」1936年日付なし）。

連作「金の卵を産む鳥」は、このような鶉の「金の卵」を管理し選別することで生計を立てようとした自らの境遇と体験を、冷笑と皮肉を込めて見つめるところから生まれた作品といえよう。

メーデーは5月1日に祝うもの

初出◉1935年5月「火華」

1▼この句が発表された前年の1936年からメーデーの開催は禁止された。二・二六事件をきっかけとする治安対策が主な理由であった。すでに労働運動は弾圧され、労働者を戦争に動員する準備が着々と推し進められていた。ストライキをするな、もはや労使が対立している場合ではない。大切なのは挙国一致、総動員体制というわけだ。1920年（大正9）に東京上野公園で参加者約1万人を集め、「最低賃金制」「八時間労働制」などの実施を訴えてはじまった日本のメーデー。敗戦後の1946年に復活するまで、日本の労働者にとって5月1日は「太陽がない」日でありつづけた。鶴彬はメーデー禁止を恨む句を数多く詠んでいる。

2▼もっとも、当時と同じく、5月1日はいまもなお日本では「太陽がない」日でありつづけている。メーデーは、1886年5月1日にシカゴで8時間労働制を要求した鉄道ゼネストが

五月一日の太陽がない日本の労働者

メーデーのない日本のストライキ

1937年6月「火華」

祭政一致と言ふてゆるさぬメーデー祭

空白の頁がつづくメーデー史

「病欠」で来たハイキングのメーデー祭

3句とも　1937年5月「火華」

弾圧され、流血の惨事に発展した事件を記念して定められた、労働者の連帯を示威する国際的な統一行動の日である。世界では5月1日を祝日としている国が圧倒的に多いが、日本ではいまだに祝日となっていない。しかも、そのこともあって、2001年以降、日本最大の労働組合である連合は、開催日を4月29日やその前後の土曜日に移動してしまった。非連合系の全労連や全労協は、依然として5月1日に開催しているにもかかわらず、である。

当時、雑誌「解放」（1923年3月）に「メーデーとは五月一日のことである」と力説する次のような記述が掲載されている。「メーデーとは五月一日のことである。万国の労働者は毎年五月一日を期して労働祭を行なうことになって居る。だからメーデーといえば、此の一年一度の労働祭のことを意味する」（「新語通解『メーデー』」）。

平成の現在にこそ当てはまる句

初出◉1935年5月「火華」

1▼ 餓死ニュースが絶えないフジヤマとサクラの国。1931年と34年の大凶作は農村を圧迫し、飢餓、娘の身売り、自殺など生活は惨状を極めた。冷害という自然条件以上に、高率小作料と地主的土地所有に苦しむ小作制度の矛盾が、悲惨をいっそう拡大させた。35年には小作争議件数は6824件に達し、戦前最多を記録している。

2▼ あれから80年。いまふたたび、かたちを変えて、フジヤマとサクラの国を次から次へと「餓死ニュース」が襲っている。2006年4月、北九州市の市営団地で78歳の母と49歳の娘が餓死しているのが発見された。5月、同じ団地で障害をもつ56歳の男性が餓死。2007年7月にも北九州市で生活保護を打ち切られた52歳の男性が餓死。2009年1月、大阪市で49歳の男性が餓死。同年4月、またもや北九州市で39歳の男性が餓死。2011年1月、大阪市で60歳くらいの姉妹が餓死もしくは病死しているのが発見された。

3▼ 多くは病気や介護の果ての共倒れ、あるいは派遣社員やアルバイトなど不安定な非正規労働を転々としたあげく病気で倒れ追いつめられた単身の中年男性の事件である。しかも生活保護を申請したものの拒否ないしは追い返された末に餓死したケースが目立つ。非正規労働ゆえ職場の人間関係を築けず、そのうえ家族関係をもたない、もしくは失った者は、社会の表から見えにくい透明な存在に陥っていくことを、これらの事件は伝えている。周囲から見えない餓死は、それゆえ誰も気づかない。

4▼ 1937年と2011年。変わったようで何も変わらない80年。格差と貧困の行きつく先は、昔も今も、餓死か自殺か身売りということだ。いやむしろ、飢餓と餓死を目の前にしていながら、誰もそれに気づかない、見過ごしているわれわれの現在は、いっそう深刻だともいえる。８０年という歳月をまったく感じさせない一句というしかない。

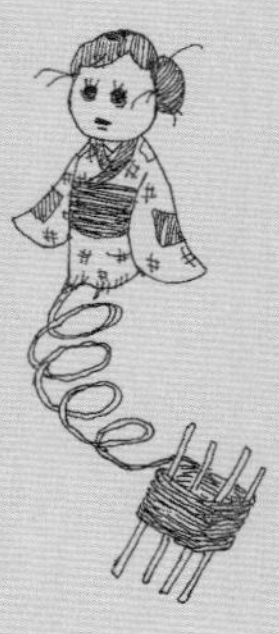

フジヤマとサクラの国の失業者

１９３５年１１月「文学評論」

フジヤマとサクラの国の餓死ニュース

映画に落書きを

1▼井伏鱒二は「ニュース映画」（1938年5月「若草」）という短文で、南京攻略戦のニュース映画に幼馴染とよく似た兵士を発見したときの「きまりが悪い」体験について書いている。似ているとはいえ、本人という決め手はない。錯覚かもしれない、妄想かもしれない。ニュース映画は、本人に「似ている」という妄想をかきたてるメディアであった。実際、出征兵士の安否を気遣う家族は、フィルムに幻影かもしれない本人の姿をひたすら探し求めた。「二三箇月前までの新聞には殆んど毎日のように、ニュース映画で肉身の出征兵を見たと言って新聞社に出かける人の記事が載っていた」

2▼ニュース映画は、1934年から各新聞社によって製作され、東京や関西の大都市に設立された専門の映画館で上映された。「大毎東日ニュース」「朝日世界ニュース」「読売ニュース」「同盟ニュース」がそれにあたる。当初は「ポパイ」などの海外アニメーションや短編映画とともに同時上映されていたが、1937年7月の日中戦争勃発以降は戦局を伝えるニュース映画の上映が主体となった。この作品は、戦局を伝えるニュース映画を題材にした連作中の一句。一緒に掲載された句は次のとおりである。

高粱の実りへ戦車と靴の鋲
出征の門標があってがらんどうの小店
万歳とあげて行った手を大陸へおいて来た
手と足をもいだ丸太にしてかへし
胎内の動き知るころ骨がつき

3▼「屍のゐないニュース映画で勇ましい」は2番目の句。おそらく、この連作の配列には意味がある。きっとニュース映画のストーリー展開に即した配列となっているのだろう。はじめに高粱の畑がつづく中国農村の風景が映し出され、つづいて敵陣へ勇ましい喊声をあげて突撃していく日本兵が登場し、そんな彼らが万歳三唱で見送られた出征のシーンや、日の丸を振る妊娠した女性のカットが映し出される。全体が「聖戦」の物語にふさわしく編集されていたにちがいない。これらの句はすべて編集の過程で削り落とされたカット＝現実（なぎ倒された高粱の実り、悲嘆に暮れる農民、手足が吹き飛ばされた屍、稼ぎ手を失いがらんどうの商店街、帰還する負傷兵や遺骨……）を補足した落書きのような作品といえる。

屍のゐないニュース映画で勇ましい

初出◉1935年11月「川柳人」

「してかへし」5文字に込められた「人民の怨嗟」

1▼ 1937年7月の日中戦争勃発直後に発表された、鶴彬の川柳のなかでもっともよく知られた句のひとつ。当時、「丸太」は傷病兵を指す隠語であった。田辺聖子は『川柳でんでん太鼓』(講談社文庫)のなかで、この句の「してかへし」という部分に注目して、次のように述べている。

「男たちは赤紙(召集令状)一枚で続々と狩りたてられ戦野へ送られる。歓呼の声で送られたはいいが、戦争で手足をもがれて丸太のようになって送り返される。いや、返される、という受け身ではない。鶴彬は

「してかへし」

と、かえした国家に対して、人民の怨嗟を匕首のようにつきつけている。

たった十七文字であるが、ここには非情な国家権力に対する民衆の腹の底からの怒り、弾劾がある」。

2▼ 「してかへし」5文字に込められた「人民の怨嗟」。行き場のない、どこに吐き出し、ぶつければよいのかわからない「腹の底からの」怒り、悲しみ、恨み、自嘲、冷笑が、この句にはあふれている。笑いながら怒り、怒りながら泣き、泣きながら笑い、笑いながら恨むしかない「怨嗟」の渦が、わずか一七文字の定型律のなかに、かろうじておさめられ、封印されている。定型と定型にならないもの、一七文字と一七文字におさまらないものが、激

しくぶつかりあい、いまにもその均衡が破れそうな気配を漂わせている句といってよい。

3▼ 鶴彬は定型律を「封建的桎梏」ととらえ、自由律にこそ川柳をはじめとする短詩型文学の未来があると主張した。その一方で、「真にすぐれた自由律作家は、同時にすぐれた定型律作家でなければならぬ」とも述べていた（「柳壇時評的雑感」1935年2月「川柳人」）。

手と足をもいだ丸太にしてかへし

初出◉1937年11月「川柳人」

鶴彬にとって、定型という「桎梏」は、まさに現実の「桎梏」の喩にほかならなかった。検閲をはじめ、自由にものが言えない当時の言論上の「桎梏」と、短詩型文学における「定型」と「制約」は、彼にとってけっして別々のものではなかったのである。言論の「桎梏」を無視できないのと同じように、短詩の「桎梏」と「不自由さ」を軽くみるわけにはいかない。現実的な「桎梏」のなかで、その「桎梏」から目を離さずに、なおも「桎梏」そのものを破砕する表現を模索しつづけなければならないように、鶴彬もまた同じように「定型」と「不自由さ」から目を離さずに、なおも「定型」と「不自由さ」そのものを破砕する川柳を模索しつづけようとしたのである。「定型律内部からの、格闘によって、それを破り高めねばならぬ」

この句は、まさに鶴彬のそうした困難な格闘を象徴する作品であるように思われる。

鶴(つる)

［第二章］ 鶴彬と20世紀 1909……1938

彬(あきら)

鶴彬0歳

鶴彬誕生

◉1月1日　石川県河北郡高松町（現・かほく市高松）に生まれる。本名は喜多一二。竹細工職人だった父喜多松太郎と母寿々のあいだに生まれた三男三女の二男。

生糸輸出世界第一位となる

◉この年の12月、清国を抜き、生糸輸出世界第一位となる。生糸は日本の主要な外貨獲得源であった。それを支えたのは、貧しい農山漁村から口べらしや身売り同然で集められた出稼ぎ女工たちである。前貸し契約の低賃金、塵埃の多い工場での長時間労働、監視つきで不衛生な寄宿舎生活により、毎年5000人の女工が結核をはじめとする病気に蝕まれ、死んでいった。女性労働者の使い捨て搾取労働が、明治の富国強兵を支えた。

◉鶴彬の出身地である石川県もまた、女工の「供給地」であった。しかも、結核死亡率が全国でもっとも高い県のひとつであった。「農村や漁村の若い娘には、ふるさとに住む自由と権利が与えられていないのは、いまのこの世のおきまりだ。胸のくさる紡績女工か、身も心もただれてしまう酌婦か、道はちゃんと開かれている」（「町の織物インフレと女工たち」1934年）と鶴は書いている。

◉鶴彬の川柳がはじめて掲載されたのは1924年（大正13）の「北国柳壇」（投稿欄）。そこにはすでに「女工」の存在から社会の矛盾と歪みを穿つ批判的な句がいくつも顔を出している。「籠の鳥歌って女工帰るなり」「縮まって女工未明の街を行く」「女工達　声を合せて唄い出す」。富国強兵の影で使い捨てにされ、つぎつぎと結核で死んでいく「女工」を見つめることから、鶴彬の川柳ははじまっている。

縮まって女工未明の街を行く

1924年12月夕刊「北国柳壇」

1909 明治42年

日本の出来事

▼1月、平野万里、石川啄木、吉井勇ら、文芸誌**「スバル」**創刊

▼2月、河東碧梧桐「俳句の新傾向」(「国民新聞」)。五七五定型にとらわれることなく、自由に生活や社会に目を向ける**新傾向俳句**が登場

▼2月、小山内薫・二世市川左団次、**自由劇場**を創立

▼11〜12月、石川啄木**「弓町より—食ふべき詩」**
(「東京毎日新聞」)

▼11月、「東京朝日新聞」に夏目漱石主宰の**「文芸欄」**開設

世界の出来事

▼2月、マリネッティ**「未来主義創立宣言」**発表
(5月、森鴎外「スバル」に抄訳を掲載)

▼5月、ディアギレフ主宰**ロシア・バレエ団**の活躍はじまる

▼10月、ハルビン駅で前韓国統監・伊藤博文が韓国人・**安重根**にピストルで暗殺される

鶴彬1歳

時代の闇とつり合う「黒」がほしい

◉石川啄木は、この年の8月に「時代閉塞の現状」を脱稿した。翌9月、新しく作られた「朝日歌壇」（朝日新聞）の選者となる。12月には、三行書きの歌集『一握の砂』を刊行した。10月には、韓国併合に対する批判を込めた次のような歌を発表している。

地図の上朝鮮国にくろぐろと墨をぬりつゝ秋風を聴く

1910年10月「創作」

◉墨を塗る。それはやましさの象徴だ。それはやましい行為だ。消す行為。塗り潰し、復元できないほどに見えなくする行為。都合の悪い箇所、汚点をごまかし、隠すこと。それは検閲を想起させる。それは敗戦後に塗り潰された戦前・戦中の教科書を想起させる。やましさを自覚しているからこそ、思いっきりくろぐろと墨を塗りつけるのだ。

◉啄木は朝鮮半島の地図の上に墨を塗りつける。やましい思いを確認するために、併合はやましい行為であることを忘れないために、くろぐろと墨を地図の上に塗りつけるのだ。あまりにもくろぐろとしていて、その下に何があったかわからなくなるほどに、濃くて真黒な墨を塗りつけるのだ。

◉この歌から18年後の1928年に発表された鶴彬の「墨を磨る如き世紀の闇を見よ」の句もまた、啄木と「墨」一字で固くつながっている。

◉「墨」は磨れば磨るほど黒く、濃くなっていく。時代の「闇」とつりあう「黒」に到達するには、はたしてどれだけ磨ればいいのか。磨っても、磨っても、まだまだ濃さが足りない。時代の闇とつり合う「黒」がほしい。日本人であることのやましさとつり合うほどに、くろぐろとした「墨」がほしい。くろぐろとした墨を塗りつけたい。

墨を磨る如き世紀の闇を見よ

1928年4月「氷原」

1910
明治43年

日本の出来事

▼4月、土岐哀果、ローマ字三行書きの歌集『**NAKIWARAI**』刊

▼5月、明治天皇暗殺計画容疑で社会主義者・無政府主義者を大量検挙した政府によるでっちあげ事件（**大逆事件**）が起こる

▼8月、**韓国併合**条約。日本は大韓帝国の統治権を奪い、国号を朝鮮に改め朝鮮総督府を設置。1945年8月の敗戦まで朝鮮を領有支配した

▼12月、堺利彦が**売文社**を開業。大逆事件後、行き場を失った同志の生活の糧と交流の場を確保するために開業した文筆代理業

世界の出来事

▼11月、**トルストイ死去**

▼11月、**メキシコ革命**はじまる

▼12月、モスクワでロシア未来主義「ダイアのジャック」展開催。カンディンスキーの**幾何学的な抽象画**誕生

▼12月、パリ、ロンドン、ニューヨークで大逆事件に抗議して**日本大使館を包囲**するデモ起こる

鶴彬2歳

川柳は「謀叛」の詩

◉この年の1月、大逆事件で検挙された26名中24名に**死刑宣告**。そのうち幸徳秋水、宮下太吉、菅野須賀子ら12名が処刑された。

◉2月、徳冨蘆花、第一高等学校で**「謀叛論」**を講演、幸徳秋水らの処刑を批判し学生に感銘を与える。その一節は次のとおり。

「諸君、幸徳君らは時の政府に謀叛人と見做されて殺された。諸君、謀叛を恐れてはならぬ。謀叛人を恐れてはならぬ。自ら謀叛人となるを恐れてはならぬ。新しいものは常に謀叛である。」（「謀叛論」1911年2月1日）

◉鶴彬の川柳は、大逆事件後に誕生した「謀叛」の詩といえる。実際、日中戦争がはじまった1937年に「川柳人」と鶴彬の反戦川柳を「非国家的作品」であるとして弾劾し、特高に告発した大阪の柳誌「三味線草」は、鶴彬の「手と足をもいだ丸太にしてかへし」という句を引いて「川柳は諷刺詩であるが、断じて叛逆詩ではない」と批判している（「叛逆川柳を排撃す」）。

新興川柳は、「諷刺詩」にとどまろうとする既存の川柳のあり方を批判的にのりこえようとした川柳革新運動であったが、それをもっとも尖鋭に推し進めたのが鶴彬であった。彼は川柳というジャンルを、批判と叛逆と謀叛の詩そのものへ鍛え上げようとしたのである。

めらめらと燃ゆは焔か空間か

1926年12月「影像」

1911 明治44年

◉「大逆事件」と切り離して、新興川柳をとらえることはできない。「謀叛」と切り離して、鶴彬をとらえ、考えることはできない。「めらめらと燃ゆは焔か空間か」という句からは、川柳を「謀叛」の詩に高めようと苦闘した鶴彬の気概のようなものが立ちのぼっている。

日本の出来事

▼2月、夏目漱石、文部省からの**文学博士号授与を辞退**
▼4月、荻原井泉水主宰の新傾向俳句運動の機関誌**「層雲」**創刊。やがて季題と定型を揚棄して自由律俳句を唱える
ここから種田山頭火や尾崎放哉といった放浪型・破滅型の系譜と、栗林一石路や橋本夢道といった社会派（プロレタリア俳句）の系譜——二つの系譜が生れる
▼6月、平塚らいてう・中野初子ら青鞜社結成
女権宣言を掲げる。9月、文芸協会研究所第1回試演会で**イプセン「人形の家」**が初演
▼8月、警視庁が特別高等課（**特高**）を設置
女性解放運動・労働運動・社会主義運動の取り締まり強化

世界の出来事

▼7月、第二次**モロッコ事件**。西欧列強のアフリカ分割・世界分割をめぐる国際紛争。第一次世界大戦の要因のひとつとなる
▼10月、中国で**辛亥革命**はじまる
12月、孫文が臨時大統領に選ばれる

鶴彬3歳

◉8月、井上剣花坊、柳樽寺川柳会の機関誌「大正川柳」創刊。

啄木に倣った三行書き形式と句読点つきの川柳

◉この年の4月、石川啄木が27歳で死去。6月、三行書き形式に句読点をつけた歌集『悲しき玩具』が刊行される。次の歌はその歌集中の一首。

呼吸（いき）すれば、
胸の中（うち）にて鳴る音（おと）あり。
凩（こがらし）よりもさびしきその音（おと）！

◉鶴彬は、啄木や土岐哀果に倣い、1934年から三行書き・句読点付き川柳を数多く手がけている。伝統短詩の五七五音律と一七文字制約にも批判の目を向け、「どんな階級の芸術にでも通用する日本語的音律性というものは存在しない。貴族と平民との言葉がちがっている様に、資本家と労働者の言葉は同じではない。と同時にその言葉の音格も各々ちがうのである」（「定型律形式及び図式主義への闘争」1934年7月「川柳人」）という立場から、自由律形式にこそ川柳をはじめとする短詩型文学そのものの未来がある、と主張した。これは啄木や哀果のみならず、荻原井泉水主宰「層雲」の自由律俳句や新興俳句運動に呼応する方向性でもあった。

◉鶴彬の句「血を咯（は）けば／これだけ食ったら／死ね！といふ手当」は、三行書き形式と句読点だけでなく、「結核」という主題においても啄木の歌と交叉する。

血を咯(は)けばこれだけ食ったら死ね！といふ手当

1934年4月「川柳人」

世界の出来事

▼1月、中華民国成立、**清滅亡**
▼10月、**第一次バルカン戦争**はじまる。ギリシア・ブルガリア・モンテネグロ・セルビアの4国がロシアと同盟を結び、領土回復をはかってオスマントルコを攻撃
バーゼルで第二インターナショナル臨時大会が開催され、戦争反対の宣言を採択
▼12月、マヤコフスキイ・ブルリューク・クルチョーヌイフ・フレーブニコフら〈ギレヤ〉グループによるロシア未来派文集『**社会の趣味への平手打**』刊
「プーシキン、ドストエフスキイ、トルストイ等々を現代の汽船からほうり出せ」（巻頭宣言文）

日本の出来事

▼7月、**明治天皇死去**
▼8月、共済組合的な労働者団体**「友愛会」**創設
▼10月、大杉栄、荒畑寒村**「近代思想」**創刊

1912
明治44年＝大正元年

鶴彬4歳

◉1月、大阪の関西川柳社、機関誌「番傘」創刊。代表は西田当百。のち岸本水府が主宰。

日本の工場は白昼5000人の女工を殺している

◉この年の10月、内務省・農商務省の嘱託で医師の石原修が、長年進めてきた出稼ぎ女工と結核の実態調査を国家医学会例会で「女工と結核」と題して講演、「国会医学会雑誌」に発表した報告書「衛生学上ヨリ見タル女工之現況」とあわせ、その報告内容が波紋を呼ぶ。

◉そこで石原は、従来否定されてきた結核と工場労働の劣悪な労働環境との因果関係を明らかにし、当時の女子労働者50万人のうち、じつに毎年5000人が結核により死亡していると算定した。

◉この数字は日露戦争の奉天会戦の犠牲者数に相当する。石原は、日本の工場は白昼堂々5000人を殺している、にもかかわらず何の制裁も受けず、責任を問うものもいない、「実に異様な感が起ります」と述べ、次のように告発する。

「工業の為に犠牲になった所の女工の数は奉天戦争の死者或は傷者と相当するものでないかと思います。謂わゆる矛を執って敵に向って戦をして死んだ者は敬意を以て迎えられ、国家から何とか色々の恩典に報いられ国民より名誉の戦死者とされ又負傷者となったものは充分の手当を受け名誉の負傷者として報いられ迎えられます、それにかかわらず平和の戦争の為に戦死したものは国民は何を以て之を迎いつつあるのであるか、国家は何を以て之に報いて居るかということは私には分りませぬ」。

◉工場における女工の労働実態や傷病の調査は、すでに横山源之助『日本之下層社会』(1899年)や農商務省編『職工事情』（1900年）で取り上げられていたが、石原の調査が画期的だったのは、さらに女工たちの帰郷によって結核が農村全体に振り撒かれている実態を取り上げ、工場の悲惨が社会全体を侵食、覆い尽くしている事実にはじめて目を向けた点にある。帰郷した死亡者の、じつに7割近くが結核であったといわれている。結核を製造し、社会全体に撒布し、白昼堂々と労働者を殺す「工場」というシステムが、石原の調査と告発によって、はじめて明らかにされたのである。

肺を病む女工故郷へ死に来る

1927年6月夕刊「北国柳壇」

日本の出来事

▼1月、平塚らいてう**「新らしい女」**（「中央公論」）
▼2月、北里柴三郎ら**日本結核予防協会**設立
▼9月、中里介山**「大菩薩峠」**（「都新聞」）連載はじまる
▼10月、斎藤茂吉、歌集**『赤光』**刊

世界の出来事

▼3月、ワシントンで**婦人参政権デモ**行進
▼4月、アメリカ・フォード自動車、**ベルトコンベア方式**による大量生産を開始。1台あたりの製造時間が12時間半から1時間半に短縮。労働作業の分割管理や規律が導入される
▼11月、プルースト**『失われた時を求めて』**第1部『スワンの恋』刊
▼12月、ロサンゼルス郊外**ハリウッド**に映画撮影所が作られ制作を開始

鶴彬5歳

美は乱調にあり

◉この年の1月、大杉栄『**生の闘争**』刊。「美は乱調にあり」という一節で有名なエッセイ「生の拡充」が収録されている。

絃切れた響き未来へ続きけり
1926年4月夕刊「北国柳壇」

海鳴りが弓張り月を凄くする
1924年12月夕刊「北国柳壇」

真すぐな小松へ風の吠え狂ひ
1924年12月夕刊「北国柳壇」

「征服の事実がその頂上に達した今日においては、階調はもはや美ではない。美はただ乱調にある。階調は偽りである。真はただ乱調にある」（「生の拡充」1913年7月）

◉「乱調」という言葉の背後には、大逆事件と韓国併合という二つの「征服の事実」が踏まえられている。「征服の事実」を直視しない、それに対する反抗に触れようとしない芸術をすべて偽り＝遊びだと大杉は退ける。「征服の事実」を直視するなら、誰もが心穏やかに安穏としていられるはずがない。「階調」でいられるはずがない。いられるとしたら、それは「征服の事実」から目をそらし、知らないふりをし、逃げているからにすぎない。「征服の事実」を直視し、偽りの階調を捨て、乱調に身を委ねるところから生れる「憎悪美と叛逆美との創造的文芸」の必要を大杉は力説したのである。

1914
大正3年

暴風と海との恋を見ましたか

1925年5月「影像」

◉鶴彬の登場は、大杉栄が虐殺された翌年の1924年。大杉がどこまで川柳に関心を示したかわからないが、「憎悪美と叛逆美の創造的文芸」というなら、鶴彬こそ、それにふさわしい。「乱調」というなら、鶴彬の川柳こそ「乱調の美」そのものだ。

日本の出来事

▼1月、堺利彦、売文社の機関誌**「へちまの花」**創刊
大杉栄、荒畑寒村、白柳秀湖、土岐哀果らが参加。翌年、社会主義雑誌「新社会」としてリニューアル。大逆事件後、全国各地に散らばる同志の消息を伝えた。世相、文壇、風俗を穿つ与太と諷刺にあふれた雑誌

▼3月、芸術座が島村抱月の脚色でトルストイの「復活」を初演。全国を巡演し、松井須磨子が歌う劇中歌**「カチューシャの唄」**が流行

▼4月、夏目漱石**「心」**（のち「こころ」と改題）の連載はじまる（「東京朝日新聞」）。11月、学習院で「私の個人主義」と題して講演

▼5月、芥川龍之介**「老年」**（「新思潮」）

▼10月、高村光太郎、詩集**『道程』**刊

世界の出来事

▼7月、**第一次世界大戦**はじまる
8月、日本はドイツに宣戦布告して参戦。山東省青島、ドイツ領南洋諸島（サイパン、テニアン、トラック諸島、パラオ、コロールなど）を占領。南洋庁を置き、日本から移民を募り、開拓がはじまる

▼9月、西欧各国の社会主義者が自国の戦争を支持、**第二インターナショナル崩壊**

▼ジッド**「法王庁の抜け穴」**刊

鶴彬6歳

◉4月、尋常小学校入学。
11月、機屋を経営する伯父（喜多喜太郎）の養子となる。

弱いものが弱いものを踏み台に

◉この年の1月、ドイツ軍を降伏させた日本は中華民国に対して、旅順・大連の租借期限延長、内モンゴルの諸権益、さらに山東省ドイツ利権の譲渡、中国内政への干渉など、中国の主権を侵害する権益拡大の要求書「対華二十一カ条要求」を提出した。日本は国際的な非難を浴び、中国では反日運動が高揚する。東京でも中国人留学生による抗議集会が開催された。しかし5月、「内政干渉権」を除き、袁世凱大統領は要求を受諾。以後、中国では受諾した5月9日を「国恥記念日」と定めた。

◉「列強」の仲間入りをするために、弱いものがより弱いものを踏み台にしてのし上がる。大杉栄が指摘した「征服の事実」である。
「弱き者よより弱きを虐げる」は、鶴彬1924年発表の句。

世界の出来事

▼2月、アメリカで初の長編映画**「国民の創生」**（監督グリフィス）が公開され空前のヒットを記録。新しいカメラの技術と編集法を編み出し、エイゼンシュテインをはじめ、のちの映画に大きな影響を与えた。日本公開は１９２４年

▼4月、ドイツ軍、西部戦線ではじめて**「毒ガス」**を使用

1915 大正4年

弱き者より弱きを虐げる

1924年12月夕刊「北国柳壇」

▼9月、陳独秀、**「青年雑誌」**（のち「新青年」と改題）創刊
新文化運動はじまる
▼10月、ロシアの画家マレーヴィチが「最後の未来派絵画展：0,10展」で**「黒の方形」**をはじめとするスプレマティズム絵画とその宣言文を発表
▼10月、カフカ**「変身」**発表

日本の出来事

▼1月、徳田秋声**「あらくれ」**連載はじまる（「読売新聞」）
秋声は川柳に強い関心を持っていた。新興川柳運動の旗手であり、鶴彬をプロレタリア川柳へと導いた森田一二は秋声に師事している。三人とも同郷である
▼3月、河東碧梧桐、中塚一碧楼ら、**「層雲」**と並ぶ新傾向俳句運動の機関誌**「海紅」**を創刊
▼7月、東京、大阪、神戸に**肺結核療養所**設置
▼11月、**大正天皇即位**
▼11月、芥川龍之介**「羅生門」**（「帝国文学」）
▼12月、山村暮鳥の詩集**『聖三稜玻璃』**刊

思い切り笑ひたくなった我

1924年10月夕刊「北国柳壇」

鶴彬7歳

◉9月、実父（喜多松太郎）病死。享年32。母はその後同郷の瀧井芳太郎と再婚し東京へ去る。

宮武外骨の検閲との闘い

◉この年の1月、宮武外骨が、1つの袋に12種類の雑誌を詰めた「袋雑誌」を創刊した。

◉12種類中のいずれかの雑誌が発禁にされても、その代わりの雑誌を補填すればすむという、検閲を笑う奇抜な発想から生れた企画である。「雑誌」と命名してはいるものの、実際はお楽しみ福袋のような形態といえる。ビニールで封じたビニ本や裏本の発想に近い。いや、ビニ本や裏本こそ外骨の思想の直系というべきか。

◉ひとつひとつの「雑誌」を禁じることはできても、「袋」の販売それ自体を禁じることはできるのか。「袋」の発禁とは何なのか。相手はどのような方法や理屈を並べて言論を封じてくるつもりか。お手並み拝見といこうじゃないか。そんな挑発的意思が「袋雑誌」からは感じられる。

◉読者に思想やメッセージを届けるだけでなく、どう届けるか。外骨はつねに、思想やメッセージの内容以上に、読者のメッセージとの出会い方や出会いのプロセス自体を重視した。というよりも、検閲が厳しいがゆえに、そうしたプロセスを重

1916 大正5年

視せざるをえないのである。外骨にとって「出版」は読者との共同制作、パフォーマンスのようなものであった。何が起きるかわからない、何が出てくるかわからない。もちろん、そこには驚きと笑いがある。笑いは偶然からしか生れない。ハプニングなき計算づくしのパフォーマンスから、笑いは生まれない。

◉宮武外骨は古川柳の研究家でもあった。川柳と鶴彬を考える上で、宮武外骨の悪闘を忘れるわけにはいかない。鶴彬と川柳の「笑い」を考える上で、宮武外骨の「滑稽」を忘れるわけにはいかない。

「思い切り笑いたくなった我」は鶴彬1924年の句。

日本の出来事

▼1月、宮嶋資夫**『坑夫』**刊。労働文学あらわる
大杉栄と堺利彦が序文を寄せる

▼1月、吉野作造、**民本主義**を説く。大正デモクラシーの理論的支柱となる

▼5月、夏目漱石**「明暗」**連載はじまる（『東京朝日新聞』）
12月、死去

▼9月、**工場法**施行。12歳未満の児童の雇用禁止、15歳未満者と女子の12時間労働制、労災補償を義務付ける、休日月2回、深夜業禁止、監督官の設置などを定めた、日本ではじめて成立した労働立法

▼9月、中条百合子**「貧しき人々の群」**（『中央公論』）

世界の出来事

▼2月、スイスのチューリッヒで前衛芸術運動**「ダダ」**誕生

▼9月、イギリス軍、ドイツ軍とのソンムの戦いで、はじめて**戦車**を使用

鶴彬8歳

「異化」と「革命」

●この年の3月、ロシア二月革命。ペトログラードで労働者のストとデモが起こり暴動に発展。ロマノフ王朝滅亡。さらに7月、ロシア十月革命が起こる。ペトログラードでボルシェビキが武装蜂起し、ソビエト政権が誕生した。

●「革命」によって見慣れた世界が逆さまにひっくり返り、突如、見慣れない世界が現出したこの年、ロシア・フォルマリズムの文芸理論家ヴィクトル・シクロフスキイは「手法としての芸術」を発表し、芸術のもっとも重要な働きは、日常的に見慣れた事物を見慣れない奇異なものとして表現する「異化」の手法にあると説明し、「革命」と「文学」の密接な関係性を提示してみせた。

●日常的にくりかえし接し見慣れているものは、見慣れているがゆえに、われわれは往々にしてそれに気がつかない。ものに向き合っていながらそれに気がつかない無意識の状態から「生の感覚を取りもどし、事物を感じとるためにこそ、石を石らしくせんがためにこそ、芸術と呼ばれるものが存在しているのである」（松原明訳）とシクロフスキイは説明した。

●われわれが日々、無意識にやりすごしているものに目を開き、それに対する批判の眼を向けることの重要性を、異化の手法は世界に呼びかけた。見慣れたものを見慣れないものする。それが芸術の力であり、詩の力であり、川柳の力である。

「革命の鏡だ　資本主義の火事だ」は鶴彬1935年の句。

革命の鏡だ　資本主義の火事だ

1935年3月「川柳人」

大正6年
1917

日本の出来事

▼2月、萩原朔太郎、詩集**『月に吠える』**刊
▼6月、小川未明**「小作人の死」**（「新小説」）
▼7月、有島武郎**「カインの末裔」**（「新小説」）
▼7月、警視庁が**映画の取締規制**を公布。フィルムの検閲男女客席の分離、説明者の免許制などが導入された
▼10月、大杉栄訳、クロポトキン**『相互扶助論』**刊
▼10月、志賀直哉**「和解」**（「黒潮」）

世界の出来事

▼1月、中国で**文学革命**運動起こる。胡適「文学改良芻議」（「新青年」）で白話文（口語体）を提唱
2月、陳独秀「文学革命論」（「新青年」）発表
▼11月、**バルフォア宣言**。イギリスがパレスチナにユダヤ人国家を建設することを支持した宣言。しかしイギリスは1915年10月、大戦の膠着を打開するため、戦後のアラブ国家独立を約束するかわりにアラブ側にオスマントルコへの参戦を要求する合意（フセイン・マクマホン協定）をすでに結んでいた。さらに1916年5月には、フランス・ロシアの三国によるアラブ分割を約束した秘密協定を結んでいたこのイギリスによる三枚舌外交が、今日のパレスチナ問題を作り出した原因のひとつとなっている

鶴彬9歳

街路へ出ろ、未来派よ

◉この年の12月、ロシアの詩人マヤコフスキイが詩「芸術軍への指令」（週刊紙「コミューンの芸術」創刊号）を発表。その一節は次のとおり。

（前略）安物の真理なんかうんざりだ。
心臓から古いものをたたき出せ。
街路はわれらの絵筆。
広場はわれらのパレット。
時代がかった書物では
千ページを費やしたって
革命の日々は歌えない。
街路へ出ろ、未来派よ、
太鼓を打ち鳴らせ、詩人たちよ！

（水野忠夫訳）

◉ロシア未来派は「街頭」「広場」の芸術であった。書物やアトリエや書斎やアカデミーや美術館やサロンや劇場という、それまでの制度や体制を支えるシステムから、芸術を街頭や広場に開放することを目指す運動にほかならなかった。落書きやポスターやビラや壁新聞を自在に組み合わせ、切り貼りして街頭や広場を作り変え、変革し、世界を組みかえること。それは国民の70パーセントが文字を読めない・書けない広大なロシアにあって、何があっても避けてはとおれない芸術運動の方向性であり、要請であった。

◉翌1919年からマヤコフスキイが制作に参加する街頭ポスター「ロスタの窓」は、そうした方向性と要請のもっともわかりやすい具体例であったといえる。

「我々の川柳は、あまねく街頭に、工場に、農村に、ポスターとしてアッピールし、被抑圧大衆のたましいをゆり動かすであろう。」

「柳壇時評的漫筆」1929年1月「影像」

◉壁新聞やビラ川柳や落書き川柳を貼りつけながら、街中をゲリラのように徘徊して廻った鶴彬にとって、川柳はロシア未来派と同じく「街頭の芸術」にほかならなかった。川柳は反書物の文学ジャンルである。それゆえ「詩」や「文学」からも蔑視され排除されてきた。しかしそれこそが川柳の栄光というべきなのだ。川柳には川柳だけができることがあるし、しなくてはならないことがある。少なくとも、鶴彬はそのことを理解していた。

「柳壇時評的漫筆」は鶴彬1929年のエッセイ。

1918
大正7年

日本の出来事

▼6月、ブラジル、ペルー、フィリピン等への**移民**が激増

▼7月、富山県魚津で**米騒動**が起きる。大戦とシベリア出兵のために高騰していた米の廉売を漁民と労働者が要求し、米屋・富豪・警察を襲撃する大衆暴動に発展した。軍隊が鎮圧に出動。8月に暴動は全国に波及し、工場ではストライキが続発した

▼8月、**シベリア出兵**。ロシア革命を打倒するために日本は西欧列強とともにシベリアへ大規模な軍隊を派遣した。日本軍の出兵は列強の中で最大規模の7万3千人、のべ24万人にのぼった。戦死者は3千人以上

▼9月、室生犀星『**抒情小曲集**』刊

世界の出来事

▼4月、ヒュルゼンベック、ゲオルゲ・グロッスら、**ベルリン・ダダ宣言**。ドイツ革命ではスパルタクス団の運動に参加

▼5月、魯迅「**狂人日記**」(「新青年」)。白話文(口語体)の小説

▼11月、キール軍港の水兵の反乱をきっかけに**ドイツで革命**が起こり、第一次大戦おわる。その後、社会民主党が主導権を握り帝政を廃止、ドイツ共産党のスパルタクス団の蜂起を鎮圧して議会制民主主義のワイマール共和制を樹立

▼11月、ロシア革命一周年記念祭イベントとして、マヤコフスキイ『**ミステリア・ブッフ**』がペトログラードで初演 演出メイエルホリド、舞台美術マレーヴィチ

鶴彬10歳

街頭プラカード「ロスタの窓」

◉この年の10月、マヤコフスキイ、ロスタ（ロシア通信社）の**「ロスタ諷刺の窓」**制作に参加。紙や印刷機が不足していた革命後のロシアで、新聞や諷刺雑誌のかわりとなる街頭プラカードのテキストと絵を手がける。

◉プラカードは巨大なボール紙で、駅や商店のショーウィンドウ、クラブの壁、煽動本部といった場所にかけられた。マヤコフスキイはそこに、革命後の内戦下の大衆に向けた、パロディーや諷刺を生かした短文や詩や絵、語呂合わせや脚韻を踏んだスローガンやアッピールを掲載した。1922年2月までに500点以上を担当制作している。

◉鶴彬の「カベ川柳」や「ビラ川柳」に関しては、高松プロレタリア川柳研究会の次のような活動が証言として残されている。「階戸義雄も、また知人の一人古林徳次も認めているように、そのころ、鶴彬は仲間と

日本の出来事

▼1月、志賀直哉**「十一月三日午后の事」**（「新潮」）
▼3月、有島武郎**『或る女』**刊
▼3月、**結核予防法**公布
▼3月、労働文学誌**「黒煙」**（坪田譲治・藤井真澄）、**「労働文学」**（加藤一夫ら）創刊。9月、労働文学の代表作、宮地嘉六「或る職工の手記」（「改造」）
▼5月、柳宗悦**「朝鮮人を想ふ」**（「読売新聞」）。翌年6月にも「朝鮮の友に贈る書」（「改造」）を発表し、総督府による三・一運動鎮圧を批判
▼6月、生田長江、堺利彦、土岐哀果ら、**著作家組合**結成

一しょに高松の特産の一つ瓦工場の労働者と、織物工場の女工さんのために労働組合をつくることに努力し、バクロ川柳を書いた宣伝ビラをつくって工場の塀や電柱にはりまわったらしい」（深井一郎『反戦川柳作家　鶴彬』1998年）。

◉新興川柳運動と鶴彬登場の意味を、同時代世界のアヴァンギャルド運動の中に位置づけ、再評価していく視点が、いまこそ求められている。

「僕らは何を為すべきやは」は鶴彬1927年のエッセイ。

1919 大正8年

「今日民衆の飢えているものは実に川柳の如き街頭の芸術であり、批判の芸術である（略）」

「僕らは何を為すべきや」1927年12月「川柳人」

▼7月、宮武外骨、滑稽諷刺雑誌**「赤」**創刊。社会主義の台頭を横に睨み、検閲や内務省の警戒を逆手に取り愚弄することだけが目的の、「赤」＝社会主義とはほとんど無関係な雑誌

世界の出来事

▼1月、**パリ講和会議**はじまる。日本はイギリス、フランス、アメリカ、イタリアとともに「戦勝国」に加えられ参加。日本は山東半島の旧ドイツ権益の継承を認められる。5月、中国でこのパリ講和の決定に反対する大衆運動（五・四運動）が起きる

▼2月、**パリ・ダダ**の機関誌「リテラチュール」創刊 ブルトン、アラゴン、スーポーの三人が編集

▼3月、朝鮮で**三・一独立運動**。朝鮮総督府は軍隊を投入し鎮圧

▼4月、**ガンディー**の反英不服従運動はじまる

▼8月、ドイツで**ワイマール共和国憲法**制定

真理を紙にうつして活字の摩滅

1935年5月「川柳人」

鶴彬11歳

◉4月、村田周魚ら、東京で川柳きやり吟社を創立、機関誌「川柳きやり」創刊。村田周魚は岸本水府、川上三太郎、前田雀郎、麻生路郎、椙元紋太と並ぶ、大正中期から昭和初期にかけて人気を博した「六大家」の一人。

アナキスト柳人・白石維想楼

◉この年の12月、**日本社会主義同盟結成**。大逆事件以後の「冬の時代」を乗り越え社会主義運動を再建するために山川均、堺利彦、大杉栄、小川未明ら30名が発起人となり、各派の社会主義団体、労働組合、学生団体が大同団結。会員は1000名をこえた。同盟には白石維想楼（朝太郎）というひとりの川柳人も参加している。

手袋のための手なのか指五本
生れれば死ぬまでは犬も生きてゐる
口先の巨人畳の上で死に

などの句で知られ、「大正川柳」創刊時から井上剣花坊門下として活躍し、柳樽寺川柳会の一員として、新川柳・新興川柳運動を支えたアナキスト柳人であった。

◉活版所や新聞社の文選工を転々とした白石は、1919年と20年の新聞印刷工ストライキの先頭に立つ。当時、印刷工の産別労組「正進会」は、大杉栄が指導するサンディカリズムの牙城であった。白石はそこで大杉栄の指導を仰ぎ、アナキズムの洗礼を受ける。大杉栄と川柳のあいだに残る、ほとんど唯一の接点である。

◉白石は剣花坊の死後、柳樽寺川柳会を離れ、柳名を朝太郎と改める。戦後は福島に移住し東北柳壇で活躍した。左は戦後の作品二句。

神風を鉢巻にして四等国

標語の数を尽して戦争に敗けてゐる

「真理を紙にうつして活字の摩滅」は鶴彬1935年の句。

1920
大正9年

世界の出来事

▼1月、**国際連盟**発足

▼12月、**インドネシア共産党**結成。オランダ領東インド支配下のインドネシアで誕生したアジア最初の共産党

▼ザミャーチン**『われら』**を執筆。未来の全体主義国家の悪夢を描いたディストピア小説。ロシアでは発表できず、27年にチェコで出版された

日本の出来事

▼1月、神戸のスラムに住み込み慈善活動を行ったキリスト教社会運動家・賀川豊彦の自伝小説**『死線を越えて』**がベストセラーになる

▼5月、**第1回メーデー**が東京の上野公園で開催

▼5月、労働詩集**『どん底で歌ふ』**刊

労働者・根岸正吉と伊藤公敬の共著。堺利彦序文

▼6月、高畠素之訳のマルクス**『資本論』**刊行開始

▼9月、**未来派美術協会**結成

ロシア未来派の影響を受けた普門暁、木下秀一郎、柳瀬正夢、尾形亀之助らが中心

▼9月、中野秀人**「第四階級の文学」**(「文章世界」)

鶴彬12歳

◉3月、尋常小学校卒業。在学中から「北国新聞」の子ども欄に短歌や俳句を投稿。

人から人へ手渡される詩

◉この年の12月、平戸廉吉がビラ**「日本未来派宣言運動」**を日比谷街頭で撒布した。

◉このパフォーマンスは、1914年にヴェニスのサン・マルコ広場で未来主義の宣伝ビラを撒いたマリネッティの方法に倣ったものであった。平戸の宣言文には「図書館、美術館、アカデミーは、路上を滑る一自働車の響にも値しない。試みに図書堆裡の唾棄すべき臭気を嗅いで見給え、これに勝ることガソリンの新鮮は幾倍ぞ」

世界の出来事

▼5月、ヤコブソン**「最も新しいロシアの詩」**発表
▼7月、**中国共産党**結成。総書記に陳独秀
▼7月、アメリカで**サッコとバンゼッティ事件**起こる
イタリア移民のアナーキスト、第一次世界大戦徴兵拒否者を狙い打ちした冤罪事件。世界各地で抗議運動起こる
▼12月、魯迅**「阿Q正伝」**発表

日本の出来事

▼2月、秋田県土崎でプロレタリア文学運動の発端となった文芸誌**「種蒔く人」**創刊。10月に、第二次が東京で創刊
▼4月、大阪毎日新聞社特派員として**芥川龍之介訪中**
上海で革命家・章炳麟に会い、「予の最も嫌悪する日本人は鬼が島を征伐した桃太郎である」という言葉に衝撃を受ける。のちに小説「桃太郎」（1924年）に結実
▼4月、平沢計七、東京で**労働劇団**を設立
▼8月、前田河広一郎**「三等船客」**（「中外」）

1921
大正10年

職を与へろとデモになる生命を賭けたアヂビラ

1930年3月「川柳人」

とあり、これは書物や書斎やアカデミーから「詩」を解放しようとしたダダやシュルレアリスムやロシア未来派の「街頭へ」という主張を意識した文面といえる。未来派の「詩」は、これまでの芸術のあり方を批判的にのりこえようとした反詩、反書物の運動であった。それはビラとして、ポスターとして、街頭で人から人へ手渡されるべきものであった。それは作者の手から離れ、読者一人ひとりの中で、読み替えられ、作り替えられ、書き替えられ、組み替えられていくべきものとして構想されていた。

◉平戸の試みは、ある意味において、読者から読者へ口承によって手渡されていく、匿名性が強い川柳のあり方に、既存の詩を解体して近づけていく運動であった、といえなくもない。

「職を与へろとデモになる生命を賭けたアヂビラ」は鶴彬1930年の句。

鶴彬13歳

◉6月、森田一二、名古屋で川柳革新を掲げ「新生」を創刊。森田は石川県金沢市出身で、田中五呂八や木村半文銭らが主張する芸術至上主義的な生命派と対立する社会主義的な新興川柳を唱えた。田中五呂八を信奉していた鶴彬は、森田の思想的影響を受け、やがてプロレタリア川柳を志すようになる。

メキシコ壁画運動はじまる

◉この年、メキシコ国立高等学校の壁画プロジェクトに画家のオロスコ、リベラ、シケイロスらが参加し、メキシコ壁画運動がはじまる。

◉1910年にはじまったメキシコ革命は政権が二転三転したのち、1920年に戦争が収束し憲法が制定された。壁画運動は、革命後の文化運動の一環として、植民地以前のメキシコ独自の文化やアイデンティティ、とりわけ革命運動の担い手であった土着インディオの壁画世界に目を向ける過程の中から生まれた。屋外に展示し、集団で制作に参加し、集団で鑑賞することを目指した壁画運動は、タブロー画と芸術の私的所有と作者神話を前提にしている西欧モダニズムを批判的に乗り越えようとした。文字が読めない民衆やインディオやメスティーソがみずからの「歴史」と出会い、「革命」に参加するための大きな契機を作り出そうとする芸術の革命運動であった、といってよい。ロシア未来派と重なる方向性と関心が読みとれる。

◉鶴彬が川柳というジャンルに託していたのも、タブローと私的所有と作者神話の超克にほかならなかった。

「白壁に子供のかいた絵がある」は鶴彬1925年の句。壁は、持てるものと持たざるものを

1922
大正11年

分かつ分断の象徴である。壁のあるところに、貧富の格差あり、階級の対立あり、民族の差別あり、社会の分断あり、世界の理不尽あり。漆喰の「白壁」は富者の印だ。土壁に絵は描けない。きれいな白壁だから、描ける。子どもにとって、壁は描くために存在する。壁は誰のものでもない。「私的所有」なんて知らない。好き勝手に描くだけだ。落書きは、壁から壁を横断していく。何も知らない子どもの悪戯書きほど、破壊的な力を秘めたものはない。

白壁に子供のかいた絵がある

1925年4月夕刊「北国柳壇」

世界の出来事

▼2月、ジョイス**『ユリシーズ』**刊
▼10月、イタリアで**ムッソリーニ**がローマに進軍、ファシスト党政権誕生
▼10月、T・S・エリオット、文芸誌「クライティーリオン」創刊、長編詩**「荒地」**発表

日本の出来事

▼1月、有島武郎**「宣言一つ」**（「改造」）。7月、北海道の狩太農場を小作人に無償解放。**私有財産放棄**
▼2月、**「週刊朝日」**創刊。4月、**「サンデー毎日」**創刊。売上部数は両誌とも30万部以上
▼3月、被差別部落の解放団体全国**水平社**創立
▼4月、賀川豊彦、杉山元治郎ら、**日本農民組合**創立。小作人初の全国組織。近畿地方を中心に小作争議件数が第一次高揚期を迎える
▼5月、第3回メーデーではじめてメーデー歌**「聞け万国の労働者」**が歌われる
▼7月、**日本共産党**結成
▼12月、石川県が**結核死亡率**全国1位になる

鶴彬14歳

◉3月、高等小学校卒業。成績は男子生徒中一番だったが進学叶わず、伯父の機屋で働く。
◉2月、田中五呂八、小樽で「氷原」創刊。川上日車・木村半文銭、大阪で「小康」創刊。10月、古屋夢村、広島で「千里十里」(のち「影像」)創刊。新興川柳運動起こる。

川柳とは「手榴弾の詩」である

◉この年の1月、アナーキズム詩誌「赤と黒」が創刊された。同人は壺井繁治、岡本潤、萩原恭次郎、川崎長太郎。創刊号の表紙に掲載された有名な宣言文は次のとおり。

「詩とは爆弾である! 詩人とは牢獄の固き壁と扉に爆弾を投ずる黒き犯人である!」

◉詩を「爆弾」にたとえることの宣言からは、街頭で詩をビラとしてばら撒いたダダや未来派の強い影響が感じられる。また「爆弾」の隠喩は、ブルトンによる「シュルレアリスム第二宣言」(1929年)の次のような一節を想起させる。「いちばん簡単な超現実主義的行為は、両手にピストルを構えて、街に出かけ、群衆めがけて、出来るだけ、盲滅法に射ちまくることである。」(生田耕作訳)

◉どのような読者に届くかわからないし、どう読まれるかもわからないが、まず言葉を街に放り投げてみる、詩を街頭に投擲してみる。何かが起きるかもしれないし、何も起きないかもしれない。思いがけない反応や事件が起きるかもしれないし、何も起きないかもしれない。しかし、そこで何も起こらなかったら、いくら詩を書き、理念や理想を語っても意味がない、と考えるのがダダや未来派、さらにはシュルレアリスムの立場なのだ。書斎にこもり、限られた読者を相手に思弁や瞑想にふけるアカデミズムや芸術至上主義的な詩のあり方とは正反対の立場といえる。
◉鶴彬も1935年のエッセイ「川柳における諷刺性の問題」で、川柳を「爆弾」にたとえている。

「何よりも印象的な簡潔さと発條の如き圧搾的弾力をはらむ、手榴弾の詩」

「川柳における諷刺性の問題」1935年6月「詩精神」

大正12年
1923

世界の出来事

▼1月、ハノーヴァー・ダダのクルト・シュヴィッタースが機関誌**「メルツ」**創刊。街頭の廃品を集め貼りあわせるコラージュ「メルツ」、その建造物「メルツバウ」、「文字詩」「ポスター詩」などを手がける
▼3月、マヤコフスキイ、ブリーク、トレチャコフら**「レフ（芸術左翼戦線）」**創刊

日本の出来事

▼2月、高橋新吉**『ダダイスト新吉の詩』**刊
▼7月、村山知義・柳瀬正夢ら、構成主義を唱える前衛芸術家グループ**「マヴォ」**の第1回展覧会が浅草で開催
翌年7月、機関誌「マヴォ」創刊
▼6月、**有島武郎が心中自殺**
▼9月1日 **関東大震災**。震災後の混乱の中、大杉栄、伊藤野枝が甘粕憲兵大尉に虐殺される。また、労働劇団を設立した平沢計七・河合義虎ら9人の江東地区の労働運動も多くの朝鮮人や中国人とともに亀戸署で軍隊に殺害される。社会主義者や朝鮮人が暴動を起こすとの流言蜚語を巧みに使った、内務省による計画的・組織的殺害事件
▼12月、**虎ノ門事件**。無政府主義者の難波大助が議会開院式へ向かう摂政宮裕仁の自動車を虎ノ門付近で狙撃して失敗

鶴彬15歳

鬼よ、出でよ

◉10月25日、「北国新聞」夕刊「北国柳壇」にはじめて投稿句が三作掲載された（柳名は喜多一児）。選者は窪田銀波楼。「静な夜口笛の消え去る淋しさ」はその中の一句。

◉それは深夜、あてもなく、気ままに吹いた、小さな、か細い「口笛」からはじまった。気ままとはいえ、口笛は、ほんらい合図であり呼びかけだ。口笛は待たれている。口笛は共鳴して返ってくる。口笛ほど不気味な合図はない。口笛の共鳴ほど不気味な会話はない。とりわけ、夜の口笛は忌み嫌われる。蛇が来る、鬼が来る、泥棒が来る、人買いがやって来る……。夜の口笛ほど、眠りにつくものを不安に陥れるものはない。

◉鶴彬は深夜、口笛を吹いた。静かな夜、誰もいないのに、それでも誰かに向けて合図を送り、呼びかけた。しかし、返事は帰ってこない。共鳴など起こりそうもない。でも彼は期待をしている。誰かに届くかもしれない、化物に待たれているかもしれない、鬼が聞いて出てくるかもしれない。何が出てくるかはわからない。怖いけど、出てこないと「淋しい」。鶴彬はきっと驚きたいのだ。思いがけないものと遭遇したいのだ。鬼よ、出でよ。ともに詠わん。

日本の出来事

▼1月、宮武外骨、**古川柳**の研究雑誌「変態知識」創刊

▼6月、プロレタリア文学運動の機関誌**「文芸戦線」**創刊

▼6月、**築地小劇場**創立

静な夜口笛の消え去る淋しさ

▼6月、北園克衛、稲垣足穂、村山知義ら、ダダイズム詩誌「GE（ゲエ）・GJMGJGAM（ギムギガム）・PRRR（プルルル）・GJMGEM（ギムゲム）」創刊
のちに、シュルレアリスム詩誌**「薔薇・魔術・学説」**に発展統合（1927年）

▼7月、芥川龍之介**「桃太郎」**（「サンデー毎日」）

▼10月、横光利一、川端康成、片岡鉄兵ら、文芸誌「文芸時代」創刊。**「新感覚派」**と呼ばれる

▼10月、プロレタリア短歌の渡辺順三が第一歌集**『貧乏の歌』**を刊行

▼11月、安西冬衛、滝口武士、北川冬彦ら、大連で詩誌**「亜」**を創刊、短詩運動を展開した

▼12月、市川房枝ら**「婦人参政権獲得期成同盟会」**結成

1924
大正13年

世界の出来事

▼1月、孫文が共産党の国民党への入党を容認し、**第一次国共合作**成立

▼10月、ブルトン**『シュルレアリスム宣言・溶ける魚』**刊
12月、「シュルレアリスム革命」誌創刊

▼11月、スイスの肺結核の高原療養所を舞台にしたトーマス・マン**『魔の山』**刊

▼**アルゼンチンタンゴ**のピアノ奏者オスヴァルド・プグリエーゼがデビュー作「想い出（レクエルド）」を発表
第一次世界大戦後にパリやベルリンを中心にヨーロッパ全土でタンゴが大流行する

鶴彬16歳

新興川柳の全貌が明らかに

◉この年の5月、古屋夢村主幸の「影像」に柳名「喜多一児」で投稿した八句が掲載され、川柳界にデビュー。伯父の機屋家業を手伝うかたわら勉学に励み専検（専門学校入学無試験検定）に合格するが、進学は叶わず。

◉この年の12月、田中五呂八編『新興川柳詩集』刊。はじめての新興川柳アンソロジー。五呂八は、「純正詩」「生命主義」「無規範短詩」といった理念を唱え、川柳を近代詩運動の中に位置づけ、そのジャンルとしての可能性を広げようとした。五呂八の影響を受けた鶴彬も、新興川柳運動を20世紀の前衛詩運動と関係づけてとらえている。（エッセイ「感想一纏」や「新興川柳詩野に就て」など、1926年）

◉このアンソロジーには鶴彬の作品も五句収録されている。次の句はそのひとつ。「三角の尖がりが持つ力なり」という1925年の句と同様、川柳を尖った鋭利な刃物にたとえ、鋭利なまなざしで現実に穴を通す「穿ち」の精神にその本質を見ている。

◉「伏針」とは伏せ縫いのために打つ針をさす。和裁に関係する、家業の機屋と縁の深い言葉

伏す針の鋭き色をひそめ得ず

初出は1935年10月「影像」

である。ほんらい、目立たないように打たれた針が、その存在を隠しえず、鋭い色を放ってしまう。まるで、機屋の後継者を期待され伯父の養子に出されたものの、みずからの「志」を隠しえない鶴彬の心中をあらわしているかのようではないか。

1925 大正14年

日本の出来事

▼1月、梶井基次郎**「檸檬」**（「青空」）
▼3月、**結核予防デー**制定
▼4月、中国広州で草野心平が詩誌**「銅鑼」**創刊
4号より日本で発行。高橋新吉や萩原恭次郎から宮沢賢治まで、幅ひろい流派を包摂した詩誌
▼5月、**普通選挙法**が**治安維持法**と抱き合わせで公布された。選挙権の資格は満25歳以上の成年男子
成年女子には与えられなかった
▼7月、細井和喜蔵**『女工哀史』**刊
▼7月、**ラジオ放送**開始
▼10月、萩原恭次郎、詩集**『死刑宣告』**刊
▼11月、葉山嘉樹**「淫売婦」**（「文芸戦線」）
▼12月、**日本プロレタリア文芸連盟**結成
日本初のプロレタリア文学運動の団体。アナーキストを含めた幅ひろい左翼文学の統一組織として出発

世界の出来事

▼5月、上海で**五・三〇事件**起こる。日本資本の綿紡績工場によるスト弾圧に抗議して反対デモが起き、租界の警官隊が発砲、大規模なゼネスト・反帝国主義運動に発展した。この事件を題材に横光利一が後に小説「上海」を発表
▼8月、**朝鮮プロレタリア芸術連盟**（カップ）結成
▼11月、パリで初の**シュルレアリスム絵画展**
▼12月、モスクワでエイゼンシュテインの映画**『戦艦ポチョムキン』**公開

鶴彬17歳

◉1月、柳樽寺川柳会『井上信子句集』刊。

◉5月、森田一二と田中五呂八のあいだでプロレタリア川柳論争起こる。

◉9月、伯父の機屋が不景気で倒産。大阪に出て町工場で働く。

川柳の手ごたえと感動

◉この年の2月、田中五呂八主宰の「氷原」に投稿、はじめて六句掲載される。「的を射るその矢は的と共に死す」はその中の一句。的めがけて矢を通す。的を射て、その核心に穴を開ける。「三角の尖がりが持つ力なり」「伏す針の鋭き色をひそめ得ず」と同じく、川柳を尖った鋭利な「矢」にたとえ、鋭利なまなざしで現実の核心＝急所に穴を通す「穿ち」の精神に、その力と本質を見ている。

◉「針」「矢」などの「尖がり」は、川柳を社会批判の短詩たらしめようとした新興川柳にくりかえし登場する、その運動の理念と方向性を強く物語るイメージといってよい。たとえば、柳樽寺川柳会の同人で、鶴彬が兄のように慕った渡辺尺蠖は、「針」や「矢」がテーマの句を数多く残している。

針一つなくして気味の悪い部屋
太き矢の一寸先に死と一字
澄み切ったいのちぬけたり針の穴

◉現実の核心＝急所をつかまえ、そこに奇跡のような「針の穴」を通す瞬間にこそやってくる川柳の手ごたえと感動が、渡辺の句からは生き生きと伝わってくる。おそらく鶴彬はこうした作品を意識し、踏まえていたにちがいない。

「的を射るその矢は的と共に死す」ではさらに、相打ちの論理が顔を見せている。簡単には穴が通らない、矢が折れるほ

ど硬い、手ごわい、強いものに、
鶴彬の川柳は向っている。

的を射るその矢は的と共に死す

日本の出来事

▼1月、**京都学連事件**起こる。特高が京都帝大をはじめ全国の社会科学研究会の大学生を検挙した、いわゆる左翼学生狩り事件。はじめて治安維持法が適用された

▼1月、葉山嘉樹**「セメント樽の中の手紙」**(「文芸戦線」)

11月、『海に生くる人々』刊

▼1月、**共同印刷大争議**。組合執行部の一人であった徳永直は、この争議を題材に小説「太陽のない街」(1929年)を発表

▼2月、村山知義**『構成派研究』**刊

▼8月、**NHK**(日本放送協会)設立

▼11月、小野十三郎の詩集**『半分開いた窓』**刊

▼12月5日　**大正天皇の死**

▼12月、**小作争議**件数が2751件と過去最多を記録

世界の出来事

▼1月、イタリア共産党**「リヨン・テーゼ」**採択

コミンテルンの方針に異議を唱え大衆路線を打ち出す

▼5月、イギリスで**炭鉱スト**

250万人以上が参加支援する空前のゼネストに発展

▼7月、国民政府、中国統一を目指し**北伐開始**

▼ルイ・アラゴン**『パリの農夫』**刊

1926

大正15年＝昭和元年

鶴彬18歳

◉1月、柳樽寺川柳会の機関誌「大正川柳」が「川柳人」と改題。

◉2月、小樽で田中五呂八と小林多喜二が激論を交わす。

◉この年、森田一二と出会う。森田の紹介で東京の井上剣花坊・井上信子夫妻宅を訪問。

軍が動けば金が動く

◉この年の5月、第一次山東出兵。中国統一を目指し北京政府を打倒する蒋介石の北伐軍が山東省に接近したことから、日本は山東省の権益と居留民の「保護」と「自衛」を名目に陸海軍を出兵した。

◉この年、特高に監視されていた鶴彬は失業し、柳樽寺川柳会の同人である渡辺尺蠖に就職の斡旋を依頼している。渡辺尺蠖は東京本所の染色技師で、鶴彬より17歳年長であった。しかし、前科があり特高に監視されていることも影響したのであろう、渡辺が勤める染物工場への就職は叶わなかっ

日本の出来事

▼3月、新潮社から円本**『世界文学全集』**刊行開始　予約部数58万

▼6月、高浜虚子**「花鳥諷詠」**論を唱える。山茶花句会での講演で、俳句は花鳥諷詠詩であると表明。講演の内容は翌年6月、『虚子句集』（春秋社）の「序」に収録された。時代とかけ離れた拘束性と閉鎖性に反発を抱いた若手俳人が「ホトトギス」を離れ、やがて新興俳句運動へと結集していく

▼7月、**岩波文庫** 創刊

▼7月、**芥川龍之介 自殺**

君よ見ろ、兵器工場の職工募集

1927年11月、渡辺尺蠖あて書簡

1927
昭和2年

◉みずからの境遇を啄木の短歌に託し、あわせて兵器工場の「職工募集」広告やビラが、にわかに街中に貼りだされるようになった第一次山東出兵後の世相を詠み、伝えている。

軍が動けば金が動く。いまなら、前科があり、特高に監視されている「俺」のようなものでも、人手が足りない兵器工場なら雇ってくれるかもしれない。応募してみようか、

た。「僕のために御尽力を感謝致します」と記した渡辺への御礼状には、次のような近況とあわせ世相を伝える川柳が書き記されている（「1927年11月12日渡辺尺蠖宛て書簡」）。

（前略）失業をすると啄木が兄のように思われれます。

高きより飛び下りるや、心よく我にの句、我が抱く思想のみんな金なきに因せる如し秋風ぞ吹く、の心境をひしひしと感じます。近作少々。（お笑い下さい）

▽貧民ふえて王様万歳！
▽君よ見ろ、兵器工場の職工募集
▽夜業の時間、舞踏会の時間―
▽米つくる人人、粟、ひえ食べて―

十日夜
渡辺尺蠖詩兄

1927
昭和2年

やめようか。金のため、仕事のため、生活のため、思想も立場も何もかもかなぐり捨ててしまえ、という悪魔のささやきが聞こえてくる。

ビラの前で揺れ動き、立ち尽くす鶴彬が、ここにいる。書簡中の啄木の歌は次の三首。

高きより飛びおりるごとき心もて
この一生を
終るすべなきか

こころよく
我にはたらく仕事あれ
それを仕遂げて死なむと思ふ

わが抱く思想はすべて
金なきに因するごとし
秋の風吹く

世界の出来事

▼1月、**「新レフ」**創刊。マヤコフスキイとトレチャコフ編集による最後のアヴァンギャルド雑誌
▼2月、ブリュッセルで**被抑圧民族・反帝国主義**会議開催
▼4月、上海で蒋介石が**反共クーデター**
中国共産党幹部を処刑。国民政府が左派と右派に分裂
▼7月、コミンテルンが「日本問題に関する決議」（**二七年テーゼ**）を発表。日本共産党の既定路線を批判し中央委員を解任、新しい活動方針を定めた

鶴彬19歳

◉2月、「高松プロレタリア川柳会」を創り、ナップ高松支部を設立。4月30日、治安維持法違反容疑で家宅捜査を受け、鶴彬ら同人5名検束される。

◉9月、特高の監視を逃れ、井上剣花坊・井上信子夫妻宅に身を寄せる。

◉9月、田中五呂八『新興川柳論』刊。

◉11月、**柳名「鶴彬」誕生**。

1928
昭和3年

忘れてはならない あの日、あのとき

◉この年の2月、**第1回普通選挙**実施。無産政党は49万票近くを集め、466議席中8議席を獲得した。直後の3月15日、全国1道3府27県で、日本共産党の党員とその支持者と目された社会主義者や自由主義者1600余名が、治安維持法違反容疑で一斉検挙される（**三・一五事件**）。

◉忘れてはならない日付というものがある。個人にとって、社会にとって、さまざまな単位集団にとって、民族にとって、国家にとって、忘れてはならない歴史的な日付というものがある。1910年5月25日（大逆事件）、同年8月22日（韓国併合）、1914年6月28日（サラエボ事件）、1915年5月9日（対華二十一カ条要求受諾「国恥記念日」）、1919年3月1日（朝鮮三・一万歳事件）、1923年9月1日（関東大震災）、1937年7月7日（盧溝橋事件）、1945年3月10日（東京大空襲）……。

◉時実新子は、阪神・淡路大震災が起きた1995年1月17日という日付を「平成七年一月十七日　裂ける」と詠み、川柳に刻み込んだ。

◉3月15日という日付もまた、昭和史の中で忘れてはならない日付のひとつといえる。普通選挙法と抱き合わせで成立させた治安維持法の恐ろしさと、特高警察による凄惨な拷問の恐ろしさとによって、「3月15日」は、昭和史上で忘

三・一五のうらみに涸れた乳をのみ

1930年2月「戦旗」

世界の出来事

▼8月、ベルリンでブレヒト**『三文オペラ』**初演
▼11月、パリでシュルレアリスム映画**『アンダルシアの犬』**上映
▼11月、ニューヨークでディズニーのトーキー・アニメ映画**『蒸気船ウィリー』**上映。ミッキーマウスデビュー
▼ガルシア・ロルカの詩集**『ジプシー歌集』**刊

日本の出来事

▼3月、全日本無産者芸術連盟（ナップ）結成、5月、機関誌「戦旗」創刊。11月に、三・一五事件を題材にした小林多喜二**『一九二八年三月十五日』**が掲載されるなど、プロレタリア文学の全盛期を作り出した雑誌。鶴彬のプロレタリア川柳も掲載された
▼4月、第二次・第三次山東出兵
日中両軍衝突（**済南事件**）。のちに黒島伝治はこの事件を題材に『武装せる市街』（1930年）を執筆

1928
昭和3年

れることのできない、人々の記憶に深く刻み込まれる日付のひとつとなった。

この事件を告発した小林多喜二の代表作『一九二八年三月十五日』は、何よりも日付を冠した象徴的なタイトルとともに、プロレタリア文学のみならず近代文学史上、忘れてはならない作品のひとつとして、その歴史に深く刻まれることとなった。

1958年3月15日に、プロレタリア演劇の久保栄が自殺していることも、この日付のもつ重さと歴史を物語っていよう。

「三・一五のうらみに涸れた乳をのみ」は鶴彬1930年の句。

▼5月、左翼文芸家総連合編『**戦争に対する戦争**』刊
▼6月、治安維持法改正（**死刑・無期**を加える）。7月、特別高等警察（特高）全国に設置
▼7月、長谷川時雨、「**女人芸術**」創刊。井上信子が選者となり「川柳欄」を開設。女性柳人を多数輩出した
▼9月、「**詩と詩論**」創刊
西欧アヴァンギャルド芸術を紹介
▼11月、渡辺順三、大塚金之助、坪野哲久ら、**無産者歌人連盟**結成。機関誌「短歌戦線」創刊
▼11月、**昭和天皇即位**。**ラジオ体操**がはじまる
▼11月、草野心平の詩集『**第百階級**』刊

鶴彬20歳

◉この年、就職難に直面し、日雇い労働に従事。

◉6月、森鶏牛子、大阪で柳誌「三味線草」創刊。のちに「川柳人」と鶴彬に対する弾劾告発記事を掲載し特高への密告を行う。

シュルレアリスムと川柳

◉12月、ブルトン**「シュルレアリスム第二宣言」**（「シュルレアリスム革命」）発表。その一節は次のとおり。

「いちばん簡単な超現実主義的行為は、両手にピストルを構えて、街に出かけ、群衆めがけて、出来るだけ、盲滅法に射ちまくることである。」

（生田耕作訳）

◉街頭に出かけ、「盲滅法」に弾丸を射ち、ビラを撒布し、詩を撒き散らす。誰にビラが届くかわからない、どう届くかもわからない、したがってどう読まれるか、文学的にどんな結果が生じるかもわからない。しかし、わかるような、想定できるような撒布など意味がないし面白くもない。そもそも驚きと意外性がない。偶然に任せ、出鱈目に撒布するがゆえに、撒く側（作者）にとってもまったく想定できない、思いがけない現実や読者と出会い、突き当たる可能性がはじめて開けてくるのだ。

◉シュルレアリスムは偶然の出会いを重視した。偶然の出会いは、世界に対する新しい見方や驚異の感覚を呼び覚ます。それまで見逃していた現実、見落としていた読者、無意識の世界を浮かび上がらせる。

「盲滅法に射ちまくる」出鱈目の不意打ちによって、通りすがりの読者を驚かすこと以上に、射ちまくる作者自身が誰よりも驚きたいと考えているのだ。そのような、不意打ちの出会いによってしか見えてこない、気づくことができないような現実こ

短銃（ピストル）を握りカクテル見詰めたり

1927年9月夕刊「北国柳壇」

そが「真の現実」であり、それを掴み取りたいと考えているのだ。シュルレアリスムは、偶然をそのまま作品の一部に生かすパフォーマンス芸術のようなものであったといってよい。

◉鶴彬もまた、壁新聞やビラ川柳や落書き川柳を工場街に貼りつけ撒布しながら、通りすがりの労働者と川柳との偶然の出会いを作り出そうとした。

「短銃（ピストル）を握りカクテル見詰めたり」は鶴彬1927年の句。

昭和4年
1929

世界の出来事

▼10月、ニューヨークの株式大暴落、**世界大恐慌**はじまる

日本の出来事

▼2月、プロレタリア俳句の栗林一石路、句集**『シャツと雑草』**刊

▼2月、小野十三郎、丹沢明ら、詩誌**「黒色戦線」**創刊 第三インターナショナルに従属したプロレタリア文学運動に反対する純正アナキズム派の文芸誌

▼2月、山中散生ら、シュルレアリスム詩誌「CINE（シネ）」創刊

▼3月、大卒者の**就職難**深刻化 小津安二郎の映画『大学は出たけれど』が流行に

▼5～6月、小林多喜二**「蟹工船」**（「戦旗」）

▼6月、秋田県で生活綴方教育を軸にした**北方教育運動**起こる。やがて東北六県にひろがる

▼6月、宮武外骨、諷刺滑稽雑誌**「面白半分」**創刊

▼7月、プロレタリア歌人連盟結成。**「短歌前衛」**創刊

鶴彬21歳

◉1月、甲種合格で第九師団金沢歩兵七連隊入営。入獄の期間も含めて4年にわたる軍隊生活がはじまる。**「なぐらない同盟」**をつくり、軍隊内の暴力制裁に抗議。

◉7月、外部から非合法出版物『無産青年』を持ち込んでいたことが発覚し、逮捕拘束される。（第七連隊赤化事件）

「層雲」と自由律俳句

◉この年の7月、プロレタリア俳句の機関誌「旗」創刊。荻原井泉水主宰の自由律俳誌「層雲」から出発した栗林一石路・橋本夢道らが中心。

◉川柳は、同じ伝統短詩である短歌や俳句にくらべれば緩いとはいえ、大きな形式上の制約を有している。五七五音律と一七文字制約。鶴彬は、この制約を普遍性のない「封建的桎梏」ととらえ、「層雲」に倣い、川柳の自由律を掲げた。

世界の出来事

▼3月、ガンディーの反英不服従運動（**塩の行進**）はじまる
▼3月、**中国左翼作家連盟**結成
▼4月、マヤコフスキイ**自殺**

日本の出来事

▼2月、秋山清・岡本潤・萩原恭次郎らアナーキズムの詩誌**「弾道」**創刊。「黒色戦線」のサンディカリズム派の塩長五郎・丹沢明らが新たに詩誌**「黒戦」**を創刊
▼5月、「日本一」**健康優良児の表彰制度**はじまる（桃太郎さがし）
▼6月、北川冬彦・神原泰ら、詩誌**「詩・現実」**を創刊「詩と詩論」の芸術主義的な方向性を批判、芸術派とプロレタリア文学派の結合を目指す
▼7月、プロレタリア俳句の機関誌**「旗」**創刊
▼10月、台湾で原住民蜂起、軍隊が出動し鎮圧（**霧社事件**）

「層雲」門下の栗林一石路や橋本夢道、さらに種田山頭火や尾崎放哉らによる自由律俳句もまた、季題と定型という短詩の制約を「封建的桎梏」ととらえる運動であった。山頭火や放哉は、破滅的なまでの「放浪」と「彷徨」で知られるが、それは「封建的桎梏」を含めた、あらゆる現実上の「制約」や「桎梏」との格闘からもたらされた軌跡にほかならなかった。

●彼らにとって俳句の「制約」と現実の「桎梏」は別々のものではなかった。山頭火の名句「分け入っても分け入っても青い山」は、長谷川龍生が鋭く指摘したように（「愚化と甘え」）、たとえ放浪・彷徨を積み重ねても、どこまで進み移動しても、管理された同一の風景（「青い山」）にしか突き当たらない、牢獄のような日本的「桎梏」の悪夢をみごとに言い当てている。

●山頭火や放哉が親しまれ、愛唱されているほどに、鶴彬をはじめとする新興川柳が読まれず、ほとんど名前さえ知られていないのは、ひとえに川柳というジャンルが受けてきた差別と蔑視ゆえというしかない。

●この年、都市・農村における不況深刻化。全国の失業者約40万人。ストライキ、小作争議、自殺が急増した。

1930
昭和5年

淫売と失業とストライキより記事が無い

1930年8月「川柳人」

いずれ死ぬ身を壁に寄せかける

在営中、年月日不明

鶴彬22歳

軍法会議で懲役2年判決

◉この年の5月、七連隊赤化事件の主犯とされ、軍法会議にかけられる。懲役2年の判決。大阪衛戍監獄に収監される。

日本の出来事

▼1月、田河水泡の漫画**「のらくろ二等卒」**の連載はじまる

▼5月、河原崎長一郎、中村翫右衛門ら、**前進座**を結成　歌舞伎界の封建的な門閥制度、身分差別、低賃金などの刷新を目指す

▼6月、文部省、**学生思想問題調査委員会**を設置し、左傾学生の対策審議をはじめる

1931
昭和6年

◉在営中のものと思われる作品が、現在五句発見されている。その経緯と真偽については、澤地久枝による次のような解説が全集に掲載されている。

『橋浦時雄日記』の執筆者山本博雄から、橋浦が同房だった鶴彬の五作品を書き残していることを知らされ、一叩人はこれを鶴彬の作品と見てほぼ誤りないと信じると書いている」

「いずれ死ぬ身を壁に寄せかける」はそのうちの一句。

▼8月、小林多喜二の壁小説「テガミ」(中央公論)。工場や職場に貼り出す**壁小説**の実験はじまる
▼9月、**満州事変**勃発。日本軍による奉天郊外・柳条湖の鉄道爆破事件をきっかけとする中国侵略戦争。日中十五年戦争はじまる
▼10月、水原秋桜子は主宰誌「馬酔木」に「自然の真と文芸上の真」を発表、高浜虚子の「花鳥諷詠」「客観写生」を否定し、「ホトトギス」からの独立を宣言。全国に反「ホトトギス」=**新興俳句運動**が拡大
▼10月、大阪**松島遊郭スト**。労働環境改善を求めて娼婦11人がハンスト
▼11月、日本プロレタリア文化連盟(**コップ**)結成。企業や農村を拠点にした文化運動の組織的統一をはかるが、激しい弾圧にあう。機関誌「プロレタリア文化」創刊

世界の出来事
▼2月、中国国民党による左翼文学弾圧強まる。**柔石**、**殷夫**、**胡也頻**ら銃殺される
▼4月、スペインに**第二共和国**成立。王政崩壊
▼フォークナー『**サンクチュアリ**』刊
▼パール・バック『**大地**』刊

鶴彬23歳

蝶よ、花粉を撒き散らせ

◉前年につづき、大阪衛戍監獄に収監。「解剖の胡蝶の翅に散る花粉」は在営中のものと思われる五句中の一句。

◉蝶は花粉を運ぶ。花からすれば、蜜を吸わせる代わりに、蝶に託して花粉を世界の思いがけない場所、想像もつかない場所へ運んでもらうのだ。ふらふらと頼りなく、あてどもない蝶は、あちこちの花から栄養を吸い取り、成長し、花粉を運び、いたるところに撒布する。もちろん、兵営内にも、監獄にも、運び、遠慮なく撒き散らす。たとえ力尽き、監獄内で身動きがとれなくなり、切り刻まれても、花粉は風に乗り舞いつづける。やがて、ここでも、あそこでも、兵営内にも、監獄にも、芽が吹き、花が咲くだろう。

解剖の胡蝶の翅(はね)に散る花粉

在営中、年月日不明

1932
昭和7年

日本の出来事

▼1月、梶井基次郎**「のんきな患者」**（「中央公論」）

▼1月、**大相撲・春秋園事件**。力士32人が待遇改善、年寄制度の廃止、会計の明朗化、共済制度の確立、相撲茶屋の廃止、勤労者向けの夜間興行の実施などを求めて中華料理屋に立てこもり、相撲協会に要求書を突きつけた。要求は容れられず、関脇天竜らは相撲協会を脱退、新興力士団を結成

▼2〜3月、**血盟団事件**。右翼による代議士や財界人の暗殺テロ起こる。5月には海軍将校による首相官邸襲撃（首相犬養毅を暗殺）した**五・一五事件**起こる

世界の出来事

▼この年、ロシアで**大飢饉**（死者400万から1000万人）

▼この年、アメリカの失業者が**1200万人**をこえる

▼社会主義リアリズム文学の代表作、ロシアのオストロフスキーの自伝的長編**『鋼鉄はいかに鍛えられたか』**刊行開始

▼3月、**満州国**建国宣言

▼5月**『日本資本主義発達史講座』**（岩波書店）刊行開始。日本の資本主義の性格を、歴史的・実証的に解き明かした研究

▼5月、山口誓子の句集**『凍港』**刊

▼7月、「赤旗」がコミンテルンの「日本における情勢と日本共産党の任務に関するテーゼ」（**三二年テーゼ**）を発表。寄生地主制廃止、天皇制打倒などを盛り込む

▼この年、恐慌、さらに前年の冷害凶作の影響で**欠食児童、家族心中**が急増

復活のつもりで入れる火消壺

在営中、年月日不明

鶴彬24歳

添田亜蝉坊の演歌「ラッパ節」から

◉春に刑期を終え原隊に復帰。1 2月に除隊。4年に及んだ軍隊生活がようやく終わる。

◉「復活のつもりで入れる火消壺」は在営中のものと思われる五句中の一句。炭のおき火は簡単には消えない。また復活する。次回も使える。そのための火消壺。ただでは消えない「炎」。ゆっくり、静かに、ひそかに燃えている。川柳は「火の粉」である。炭のおき火のように、しつこく、しぶとい。消しても消しても、なかなか消えない。

◉この句は、おそらく添田亜蝉坊作詞作曲の反軍演歌「ラッパ節」を踏まえている。「火消壺」と聞けば、当時は誰もが次のような「ラッパ節」の歌詞を想起したにちがいない。

「今鳴る時計は八時半／時刻遅れりゃ重営倉（略）親爺を入れるような火消し壺／怒るたんびに蓋をする」（「小沢昭一が選んだ恋し懐かしはやり唄（二）」唄・都家かつ江）

◉軍隊は絶対的服従の上に成り立つ集団である。反対や異論は存在しようがない。求められるのは服従と同調だけだ。軍隊は「火消壺」である。同調を拒む「火の粉」があれば消化する。同調しない鶴彬は、軍隊、重営倉、刑務所と、くりかえしくりかえし「火消壺」に放り込まれた。しかし、放り込まれても放り込まれても、「火の粉」は消えず、燃えつづけた。放り込まれるたびに、ただでは消えないと「復活」を期した。だから、この句の「入れる」は「いれる」

ではなく、入りたくないけど入ってやる、という意味の「はいれる」と読むべきなのだろう。日露戦争後に流行した「ラッパ節」は、人から人へ歌い継がれ、さまざまな歌詞の替え歌を生み出したが、重営倉と刑務所にぶち込まれた鶴彬在営中のこの句もまたそうした替え歌のひとつといえるだろう。口承芸術的な川柳は、演歌や流行歌の替え歌に似ている。川柳の読者＝作者は、替え歌の聞き手＝歌い手と重なる。

1933
昭和8年

日本の出来事

▼1月、大島三原山が**自殺**の名所になる。この年だけで投身自殺者944人にのぼる
▼1月、**「京大俳句」**創刊。三高・京大の俳句会から生れ、無季俳句を提唱して新興俳句運動の一拠点となった平畑静塔、井上白文地らが中心。1940年に京大俳句事件で弾圧された
▼2月、**小林多喜二**検挙され築地警察署で虐殺される
▼3月、**国際連盟脱退**
▼4月、**京大滝川事件**。鳩山一郎文相、京大法学部滝川幸辰（ゆきとき）教授の自由主義思想を理由に罷免を要求大学の自治権と学問の自由を破壊した思想弾圧事件
▼6月、**松竹少女歌劇団スト**。公休日制定、退職手当の支給、医務室の設置、生理休暇制定など28項目の待遇改善の要求書を提出。「男装の麗人」として人気だった水の江滝子（ターキー）が争議委員長。レビューガールらは湯河原に籠城

世界の出来事

▼1月、ヒトラー、首相に就任、**ナチス政権成立**
▼3月、アメリカ大統領にフランクリン・ルーズヴェルトが就任。**ニューディール政策**はじまる
▼ハンガリーで発売された歌**「暗い日曜日」**が、自殺を助長するとの理由で放送禁止となる。1936年にシャンソン歌手のダミアが録音したフランス語版が世界中にひろがり、大ヒット。日本でも自殺と厭世気分を誘うとの理由で発売禁止となった

鶴彬25歳

◉9月、井上剣花坊死去。

川柳に門戸を開いた「詩精神」に参加

◉鶴彬はこの年の2月、プロレタリア文学の弾圧（ナルプ解体）を受けて、プロレタリア文学系の詩人と自由主義的な芸術派詩人が合流して創刊された詩誌「詩精神」に参加した。

◉この雑誌はプロレタリア詩人の小熊秀雄が活躍したことで有名だが、栗林一石路・横山林二らのプロレタリア俳句とともに、鶴彬の川柳や評論も数多く掲載されていることは、ほとんど知られていない。連作「繭」「洪水」「組合旗」「労働街風景」や評論「川柳における諷刺性の問題」がそれである。

◉これまで川柳は低俗なジャンルとして蔑まされ、あらゆる誌雑誌から締め出されてきた。「いろんな全集的出版物の短詩集を見ても、川柳は常にオミットされている。詩雑誌が短歌、俳句の投稿を募っても川柳を募ろうとはしなかった」（「川柳の詩壇的進出に就いて」1936年1月「蒼空」）という、平成のいまもほとんど変わらない川

これしきの金に
主義！
一つ売り 二つ売り

1934年9月「詩精神」

柳蔑視の現実が存在した。創刊者のひとりで知人でもあった詩人の新井徹と後藤郁子が、鶴彬の抗議と提案を受け入れ、川柳に門戸を開いたのである。

◉ここで鶴彬は、すでに短歌や俳句で試みられていた自由律形式や三行書き形式など、伝統短詩の五七五音律と一七文字制約に批判的な目を向けた作品を主に発表している。三行書き川柳「これしきの金に／主義！／一つ売り　二つ売り」も「詩精神」に発表した作品のひとつである。

1934
昭和9年

日本の出来事

▼1月、**プロレタリア俳句**の栗林一石路・橋本夢道ら「俳句生活」創刊
▼2月、日本プロレタリア作家同盟（**ナルプ**）**解体**を決議
▼3月、**文芸懇話会**結成。内務省が文壇の国家統制を目的に設立した官民合同の文学団体
▼4月、島木健作「癩」（「文学評論」）
5月、村山知義「白夜」（「中央公論」）。**転向文学**出現
▼5月、吉岡禅寺洞が**無季俳句**の容認を宣言
▼8月、**東京市電争議**起こる。
▼10月、竹内好・武田泰淳ら**中国文学研究会**を結成
▼10月、**東北大凶作**。小作争議が頻発

世界の出来事

▼1月、ドイツで精神病者、障害者、難病者に強制的に不妊手術を行う**断種法**（「遺伝病の子孫を予防するための法律」）制定。8月、ヒトラーが総統に就任
▼8月、ソ連作家同盟が発足し、**社会主義リアリズム**を唯一の創作方法とすることが決定
▼10月、中国共産党の**長征**はじまる。国民党軍と戦いながら根拠地を瑞金から陝西省の延安に移す
▼アラゴン**『バーゼルの鐘』**（連鎖小説「現実世界」第一作）刊
▼ヘンリー・ミラー**『北回帰線』**刊

鶴彬26歳

◉3月、財政難で「川柳人」休刊。12月、井上信子、柳誌「蒼空」創刊。柳壇と文壇と消費組合の有志が「井上信子を励ます会」を開催。平林たい子、吉川英治、長谷川時雨、生方敏郎、橋浦時雄らが出席した。

川柳リアリズム宣言

◉前年から、川柳に門戸を開いた「詩精神」に参加したものの、しかしそれでもなお、詩壇には伝統短詩を軽蔑し、低く見る詩第一主義が強固に存在していた。学校においても大学においても詩壇や文壇においても、いまなお文学ジャンルの中でもっとも軽視され低く見られている川柳は、当時の詩壇やプロレタリア文学運動内部においても同様の評価がなされていた。俳句や短歌とともに川柳は「封建的韻文芸術」であり、したがって詩に解消すべし、とする短詩否定論や川柳蔑視が席巻していたのである。

首を縊るさへ
地主の
持山である

1935年1月「詩精神」

◉鶴彬は、プロレタリア俳句の栗林一石路や横山林二らとともに、こうした短詩否定論に反対し、詩壇やプロレタリア文学運動内部にくすぶる川柳蔑視、詩第一主義を痛烈に批判していた。「詩精神」創刊1周年記念の会合で鶴彬がぶちまけた怒りの演説を横山林二が共感を込めて書き残している。

1935 昭和10年

「プロレタリアリアリズムの、日本における典型は川柳である。僕は川柳リアリズムを宣言する。この重大なる宣言にもかかわらず、あえて僕の論に耳を籍そうとしない人々があるが、それは無産者解放運動を真に理解できぬ者である。僕はかかる川柳蔑視を指揮し、プロ文学の分野において、詩第一主義を誇るエリート意識がはびこっている事実を悲しむ」
（「川柳リアリズム宣言＝ある日の鶴彬」1965年2月「俳句研究」）

「首を縊るさへ／地主の／持山である」も「詩精神」に発表した三行書き川柳。

世界の出来事

▼7月、パリで40万人の**反ファシズムデモ行進**
▼8月、中国共産党、抗日統一戦線の結成を呼びかける（八・一宣言）
▼9月、ドイツで**ニュルンベルク法**（「ドイツ人の純血保護法」「ドイツ国公民法」）が制定されユダヤ人の迫害が強まる
▼10月、イタリア、エチオピア侵略
▼スターリンの**大粛清**はじまる

日本の出来事

▼1月、新興俳句運動の拠点のひとつ、日野草城主宰の俳誌**「旗艦」**創刊
▼4月、天皇機関説を唱えた美濃部達吉、**不敬罪**で告訴され著作が発禁となる
▼6月、小熊秀雄、長編叙事詩集**『飛ぶ橇』**刊
▼8月、吉川英治**「宮本武蔵」**の連載はじまる（「東京・大阪朝日新聞」）
▼9月、**芥川賞・直木賞**創設
▼12月、**大本教弾圧事件**。出口王仁三郎ら不敬罪と治安維持法違反容疑で逮捕
▼**小作争議**件数が6824件に達し、戦前最多を記録

鶴彬27歳

◉1月、柳樽寺川柳会の井上信子、森田一二、渡辺尺蠖、中島国夫ら8名が発起人となって「鶴彬に生活を与えるための会」を立ち上げ、鶴彬に鶉の飼育で生計を立てさせるための募金を呼びかける。予定金額60円を上回る67円50銭が集まる。この年、鶉の飼育で生計を支える。

労働ボス吼えてファッショ拍手する

1936年6月「蒼空」

1936 昭和11年

ストライキ絶滅宣言

◉この年の1月、総同盟（日本労働総同盟）と全労（全国労働組合同盟）が合同し、労使一体・反共主義を掲げる労働組合のナショナルセンター全日本労働総同盟（全総）が結成された。組合員は9万5千人。鶴彬の句「労働ボス吼えてファッショ拍手する」は、同年6月に発表。全総は、翌年7月の日中戦争勃発後には戦争を支持しストライキ絶滅を宣言する。

世界の出来事

▼2月、スペインの総選挙で人民戦線内閣成立。大地主、カトリック教会、ブルジョワ勢力はこれに反発し、ファシズム政党のフランコ将軍を担いで反乱を起こし**内戦**はじまる。各国の一般市民によって編制された**国際義勇軍**が人民戦線派を助ける

▼9月、ロンドンでエドガー・スノー編**『活的中国―現代中国短編小説選』**刊

▼9月、老舎**「駱駝祥子」**発表。魯迅死去

日本の出来事

▼2月26日　陸軍皇道派によるグーデター未遂事件（**二・二六事件**）

▼3月、内務省、**メーデー禁止**（敗戦後の1946年まで）を通達

▼6月、太宰治**『晩年』**刊

▼7月、中井正一・久野収・能勢克男らが京都で隔週新聞**「土曜日」**創刊。松竹撮影所の大部屋俳優・斎藤雷太郎が刊行していた新聞「京都スタヂオ通信」を継承し、フランス人民戦線の機関紙「金曜日」のスタイルを合体させた、読者の投稿主体の新聞

▼11月、日独**防共**協定

▼12月、堀辰雄**「風立ちぬ」**（「改造」）

鶴彬２８歳

「川柳人」弾圧事件

●日中戦争勃発後の９月、応召入隊（即日帰郷）。１０月、秋山清の紹介で深川の木材通信社に就職。１２月、治安維持法違反容疑で検挙される（「川柳人」弾圧事件）。

●この事件は、鶴彬に対して批判的だった大阪の森鶏牛子主催の川柳誌「三味線草」が特高に告発したことがきっかけだった。「ホトトギス」関係者による告発で新興俳句弾圧（京大俳句事件、１９４０年）が起きた俳句のケースと同様である。川柳は川柳によって、俳句は俳句によって、文学は文学によって、密告され、権力に売られ、弾圧されてきたのだ。

●「三味線草」の弾劾告発文は次のような文面であった。「最近の『川柳人』を見て、時局に所する日本人としての愛国の至情に欠くるものなきやを憂ふる所あったが、新興川柳は餓死や淫売婦を詠むだけでなく愛国の沸ぎる作品を示せ。（略）日本人的な詩人達が軍歌を献納し川柳家が皇軍慰問川柳会を開くことは当然である」（『新秋随想』の一節」１９３７年９月）。

●それに対して「川柳人」（同年９月）は次のように反論している。「徒らに泡を吹いてとびまわる様な戦争川柳をつくることを笑うのみだ。こうした時局に処す川柳家は何よりも沈着して、時代の真実を凝視し、日本の民族の運命に思いをいたすべきである」。

「万歳とあげて行った手を大陸へおいて来た」は「川柳人」に掲載された鶴彬最後の六句中の一句。

万歳とあげて行った手を大陸へおいて来た

1937年11月「川柳人」

日本の出来事

▼2月、**文化勲章**を制定
▼7月7日 盧溝橋事件。**日中戦争**はじまる
11月、上海占領。12月、日本軍、南京を占領（南京大虐殺事件）
▼4〜6月、永井荷風「濹東綺譚」（「東京・大阪朝日新聞」）
▼4〜8月、横光利一**「旅愁」**（「東京日日・大阪毎日新聞」）
▼6月、中野重治「汽車の罐焚き」（「中央公論」）
▼6月、東京で**「シュルレアリスム国際展」**（瀧口修造企画、「みずゑ」主催）
▼8月、映画の巻頭に**「挙国一致」**や**「銃後を護れ」**などのスローガンタイトルを挿入することが義務付けられる。9月、外国映画輸入禁止
▼8月、金子光晴の詩集**『鮫』**刊
▼10月、東京で出征将兵を送りだした家の門口に**「出征兵士の家」**の札が取り付けられる

世界の出来事

▼2月、**ヘミングウェイ**、新聞特派員として内戦下のスペインに渡り、共和国政府を支援する
▼4月、ドイツ空軍、スペインのゲルニカを爆撃
▼7月、ミュンヘンで**「退廃美術展」**開催。キュビズム、ダダ、未来派、シュルレアリスムなどの20世紀アヴァンギャルド芸術の弾圧と抹殺強まる
▼9月、国民党、中国共産党との**第二次国共合作**宣言
▼11月、夏衍（かえん）**『上海の屋根の下』**刊

1937
昭和12年

鶴彬29歳

不可解な死因の「赤痢」

◉8月、獄中で赤痢に罹り、未釈放のまま淀橋区柏木町豊多摩病院に移される。9月14日午後3時40分頃死去。死因である「赤痢」に関しては、岡田一杜・山田文子編著『川柳人鬼才〈鶴彬〉の生涯』(1997年8月、日本機関紙出版センター)に、次のような興味深い証言が掲載されている。

※(証言)

元七三一部隊に従事し、伝染病棟の医師でもあった湯浅

日本の出来事

▼1月、総力戦体制を維持するための「人的資源」の確保と増殖を目的に**厚生省**が設置された
▼2月、南京攻略戦を描いた石川達三「生きてゐる兵隊」(『中央公論』)発禁
▼4月、**国家総動員法**公布
▼8月、火野葦平「麦と兵隊」(『改造』)。単行本は100万部を超えるベストセラーになる
▼9月、従軍作家陸戦部隊(久米正雄、丹羽文雄、岸田國士、林芙美子ら)と海軍部隊(菊池寛、佐藤春夫、吉屋信子ら)が漢口へ出発。10月、日本軍、広東・漢口・武漢三鎮を占領

世界の出来事

▼1月、パリで第1回**「シュルレアリスム国際展」**開催
▼3月、ドイツ、オーストリアを併合
▼4月、サルトル**『嘔吐』**刊
▼4月、オーウェル『カタロニア讃歌』刊
▼6月、中国国民政府、重慶移転
日本軍による**重慶爆撃**がはじまる

謙氏は、数年前広島で開催された「七三一部隊展」の折に、川柳「和」同人の質問に対して次のように答えている。

〈回答要旨〉

「一九三七年頃（昭和12）〈丸太〉は傷病兵に対する隠語であった。―留置場で普通の赤痢で死亡することは皆無である。とても考えられない特異な例だ。赤痢菌添加物を食べさせ実験してから、赤痢菌多量接種して死亡させる、は考えられる。―皇宣による罪科の殆どは証言者が現れ解明されているが、特高関係については未だに誰も証言して呉れない。だから特高の本当の任務内容が闇の儘である。証言者が現れたら赤痢菌を接種されたかどうか見当がつくのだが―。鶴彬は（七三一部隊用語の）マルタ一号にされたのではないでしょうか」

中国人の生体解剖に携わった湯浅謙は、終戦後に戦犯として投獄された。帰国後、自らの戦争責任を証言する講演活動を続け、昨年2010年11月2日に94歳で亡くなった。

あとがき　——川柳は落書きである

日本車を日本軍と読み違え

（松戸市・松岡満三）

掲載…二〇一〇年一〇月二三日「朝日川柳」朝日新聞朝刊

川柳は落書きである。「車」という字に「冖」を書き足せば、みごと「軍」になる。「日本車」と「日本軍」。何というすばらしい発見であり、いたずらであることか。たしかにそうなのだ。日本車とは日本軍のことなのだ。騙されてはいけない。アジアの市場を席巻し、ヨーロッパやアメリカまでも征服した日本車＝日本軍。輸出の王様である「車」のおかげで世界の経済大国。しかし、その影で国内の「食」と「農」と「生活」が多大な犠牲を強いられてきたことを、いまや誰もが知っている。しかも、リーマンショックの後には、「車＝軍」のおかげで実現した「大東亜共栄圏」を維持するために、「エコカー減税」と称する多大な税金が国により投入された。すでに所有している車を「プリウス」に買い替えることのできる富裕層だけが享受できる優遇制度の影で、車など持てない大量の期間工・派遣労働者の首切りが容赦なく断行されてきたのである。派遣労働者は、日本車＝日本軍を底辺で支え、使い捨てにされる平成の「タマ除け二等兵」といってよい。

「日本車を日本軍と読み違え」。しかし、何というステキな発見であり、鋭いいたずらだろう。これを単なる言葉遊び＝狂句と蔑むことなかれ。不易性のない、ただの時事川柳と侮ることなかれ。単なる言葉遊び、落書きひとつで、これだけの批評と穿ちを盛ることのできる文学は川柳をおいてほかにない。一〇年後、一〇〇年後にこの句が理解されなくても、そんなことはどうでもよいではないか。いまここで、この句を世の中へのムカつきとともに享受し、大切にし、他人に口伝えし、教え、笑い、ムカつきを共有しあえたら、それでよいではないか。ほんとうに川柳はすばらしい。

明治川柳のはじまりは、時事川柳であった。一九〇二年（明治三五）に、井上剣花坊が選者となって開設された新聞「日本」の「時事句欄」の源は、一八七七年（明治一〇）に創刊された時事諷刺雑誌「団団珍聞（まるまるちんぶん）」の「雑録欄」であった。「団団（まるまる）」という誌名は、自由民権運動下の言論弾圧によって夥しい伏字〇〇（まるまる）を強いられたことに由来する抵抗の痕跡である。そこに掲載された投稿川柳の源をさらに遡れば、江戸の落首・落書に突き当たる。川柳とは落書きである。今日読むことのできる落首・落書は、偶然誰かによって書きとめられ、保存されたもののうちの、ほんの一部でしかない。あとは消され、捨てられ、忘却されていった。川柳は残りにくいし、残らない。

鶴彬の川柳も落書きであった。「タマ除けを産めよ殖やせよ勲章をやろう」「みな肺で死ぬる女工の募集札」「息づまる煙りの下の結核デー」「次ぎ次ぎ標的になる移民募集札」「修身にない孝行で淫売婦」「フジヤマとサクラの国の餓死ニュース」「屍のゐないニュース映画で勇ましい」「万歳とあげて行った手を大陸へおいて来た」……。どれもが町や街頭や村で出会い、目にした戦意高揚ポスターや宣伝広告や映画上映案内の掲示板や募集案内ビラに「一」を書き足したような作品といえる。一五歳から二九歳まで、わずか一四年のあいだに発表された鶴彬の川柳は、確認されているものだけで一〇〇〇句をこえる。しかし、それ以外の、とくに高松川柳研究会を結成したころに瓦工場や織物工場の労働組合や争議を支援するために書かれたと伝えられている落書き川柳、ビラ川柳、カベ川柳、バクロ川柳の記録は現在のところ残っておらず、読むことはできない。残された一〇〇〇句は、鶴彬の一部でしかない。

川柳は落書きである。川柳は残りにくいし、残らない。だから文学史を紐解いても川柳のセの字も、鶴彬のツの字も出てこない。文学の最底辺にうごめく膨大な数の読者＝作者の記録と歴史は、いまも闇に埋もれたままである。そのような読者＝作者の存在にあらためて目を向ける重要性を、たとえば深井一郎『反戦川柳作家　鶴彬』（日本機関紙出版センター）は次のように指摘している。

> 鶴彬の生涯と作品を通して、私たちは（標題とは一見矛盾するようだが）彼を単純に、反戦川柳作家とだけ評価することに、ためらいを感じないわけにはいかない。
> まず私達の眼を見張らせるものは次の点である。文壇・文芸界の表層のすぐ下に形成されてきた川柳という、最も民衆的かつ広大なサブ・カルチュアの一部を担い続けながら、

川柳を民衆の闘う武器にまで高めようとした苦闘である。また彼自身と、彼の接触した人達によって織りなされた歴史の、なまなましさなのである。

このような観点から、これまで「中央」からの遠近に基いて、地方作家・地方啓蒙家などと規定され、それなりの評価で済まされた、夥しい人達の深い層が存在したであろうことが想像される。またそのような人達の正しい「復権」なしには、わが国の文化と歴史の分厚い流れは、具体的には捉えられないのではないかと思えるのである。

川柳というジャンルを通してしか見えてこない文学や文化や歴史の「深い層」がある。川柳というジャンルを介することで、はじめて見えてくる民衆の存在様式や抵抗や闘争の歴史の「分厚い流れ」というものがある。鶴彬は、それに出会うための、ささやかな入口のひとつといえるだろう。

最後に、あらためて鶴彬と出会わせてくれた春陽堂書店の永安浩美さん、岡崎智恵子さん、デザインの山口桃志さん、イラストの森山ちさとさんに、深く感謝したい。

なお、鶴彬の川柳の引用はすべて『鶴彬全集〈増補改訂復刻版〉』（一叩人編、澤地久枝復刻、一九九八年九月、有限会社久枝）に拠った。

二〇一一年　春

楜沢　健

だから、鶴彬
抵抗する17文字

平成二十三年 四月二十日　初版第一刷発行

著作者……楜沢 健
発行者……和田佐知子
発行所……株式会社 春陽堂書店
東京都中央区日本橋三丁目四番十六号
営業部 03（3815）1666
http://www.shun-yo-do.co.jp/

デザイン……山口桃志
印刷・製本……ラン印刷社

ISBN978-4-394-90281-2